TAKE
SHOBO

帝國の華嫁

英雄皇帝は政略結婚の姫君を溺愛する

上主沙夜

Illustration
すがはらりゅう

MitsuNeko

contents

イラスト／すがはらりゅう

帝國の華嫁

英雄皇帝は政略結婚の姫君を溺愛する

輦前才人《れんぜんのさいじん》　帯弓箭《きゆうせんをおび》　（天子の車の前に供奉する才人は弓矢を携え）
白馬嚼齧《はくばしやくけつす》　黄金勒《おうごんのくつばみ》　（白馬は黄金の轡を嵌めていた）
翻身向天仰射雲《みをひるがえしててんにむかいあおいでくもをいる》　（才人が身をひるがえして天に向かって雲を射ると）
一箭正墮《いつせんまさにおとす》　雙飛翼《そうひよく》　（一本の矢は瞬く間につがいの鳥を射落とした）

杜甫「哀江頭」より

序章

（もはやこれまで……か）

曄玉藍《ヨウ・ギョクラン》は崩れそうな己の身を必死に支えながら、きつく唇を噛《か》んだ。

（不意打ちを食らって四人まで返り討ちにしたのだから、まぁよくやった……かな……？）

胸の内で自嘲の笑みを浮かべる。脇腹を押さえた手はすでに赤く染まっていた。かろうじて急所は外したものの、手当てする暇もなく複数相手に戦ったせいでかなりの出血だ。

草を踏みしだく足音が近づいてくる。辺りが薄暗いのは木立のせいばかりではない。血を流しすぎて目がよく見えないのだ。

地面に突き立てた剣にすがり、どうにかこうにか膝立ちになった。立ち上がるのはもう無理だ。勝機があるとすれば、とどめを刺そうと大上段に振りかぶる一瞬に賭けるしかない。

「手間を取らせやがって……！」

最後の刺客がかすれた怒声を洩《も》らし、血走った眼《め》をぎらつかせた。玉藍ほどではないが、その男も相当の傷を負っている。

「楽に死ねると思うなよ。兄弟を殺《や》ってくれた礼は、たっぷりしてやるからな」

本当の兄弟か義兄弟か知らないが、仲間がやられたことで男は激昂《げっこう》していた。大股で歩み寄るといきなり玉藍を殴り飛ばし、吹っ飛んだところを力まかせに蹴り上げる。傷口への直撃を防ぐのがせいいっぱいで、反撃どころではない。

男は息を荒らげながら柳葉刀《りゅうようとう》を振り上げた。幅広の湾曲した剣だ。

「覚悟しな。首をすっ飛ばしてやる」

勢いをつけるべく男が柳葉刀を振りかぶった瞬間。玉藍は渾身《こんしん》の力を振り絞って男に体当たりした。玉藍とて剣術に限らず武芸全般を学んで常日頃から身体を鍛えているのだ。体調が万全なら充分に勝ち目はあった。

しかし、すでに浅からぬ刀傷を数か所に負い、殴る蹴るで痛めつけられていた身体は思うように動かず、たちまち形勢は逆転した。

またもや殴り飛ばされて玉藍は地面を這《は》いずった。殴られて瞼《まぶた》が切れ、血が垂れた片目はほとんど見えない。偶然にも、すぐ側に先ほど取り落とした自分の剣が落ちていた。必死に掴《つか》んだ剣を支えによろよろと立ち上がる。

男は血の混じった唾を吐き、憎々しげに玉藍を睨《にら》んだ。

「まだやんのかよ。往生際の悪い皇子さまだな……！」

立っているだけでやっとだったが、地面に這いつくばった恰好《かっこう》で殺されたくはなかった。自分は中原の覇者たる大帝国の皇族なのだ。無様な恰好で死んでたまるか……！

最後まで暗殺者の目をまっすぐに見据えてやる。この男に自分の殺害を命じた人物にまで、憤怒の視線が突き通ればいい。

その、瞬間。

「伏せろ！」

背後から凛《りん》と光る声が響いた。

考える前に身体が動いていた。玉藍は剣の柄から手を離し、前のめりに倒れた。その頭上すれすれに、何かがビュッとすり抜ける。

地面に倒れ臥《ふ》しながら視線を上げると、柳葉刀を振りかぶった男の胸に一本の矢が突き立っていた。それは正確に心臓を射抜いていた。

懸命に振り向いた玉藍の目に、こちらへ走ってくる人影が映る。左手に弓を持ち、腰に弓嚢《きゅうのう》と矢筒、背には小ぶりの剣を担いでいた。部下ではない。

跪《ひざまず》いた少年が顔を覗《のぞ》き込む。何か叫んでいるようだがほとんど聞こえなかった。貧血のせいでひどく視界が暗い。

ただ、桃花のごとき唇が励ますように動くのが見えたきりで……。

玉藍の意識は闇へと転落していった。

第一章　人質花嫁

「……戦に負けても景色は変わらないものね」

渺茫《びょうぼう》と広がる草原を馬上から眺め、鶏《リョウ》国王女、李寧寿《リ・ネイジュ》は呟《つぶや》いた。

背後から吹きつける北風が、頭頂部で結わえただけの寧寿の黒髪を激しくなびかせ、流旗《ふきながし》のように顔の前で踊る。

寧寿は草原のはるか南方をじっと見つめた。

そこを支配するのは煌《コウ》国。中原のほとんどを支配下に置く大国で、正確には煌曄《コウヨウ》帝国という。

鶏はかつて帝国と対立していたが、百年ほど前に大敗を喫し、服従した。「鶏」というのはそのときに皇帝から下賜《かし》された国号だ。合わせて「李」という王族の姓も賜った。

以後は北の守りとして、さらに北方に住まう剽悍《ひょうかん》な騎馬遊牧の蕃族《ばんぞく》と煌国との緩衝地帯を治めている。

それで、うまく行っていたのに——。

煌国の内乱に乗じて領土をかすめ取ろうと企《たくら》んだのがいけなかった。一時はうまくいったものの、新しい皇帝が立つとたちまち巻き返され、その戦で寧寿の父王も異母兄《あに》たちもことごとく戦死した。

降伏後、帝国の京師《みやこ》から派遣された廷吏《ていり》が睨みを利かせ、びくびくと顔色を窺《うかが》う毎日。背いたこちらが悪いとはいえ、正直息が詰まる。

ゆえに寧寿はこうしてしょっちゅう宮殿を抜け出しては愛馬に跨《また》がり、あてもなく草原をさまよっているのだ。

ふと、誰かに呼ばれた気がして振り向いた。ゆるやかな起伏のある草原を、侍女が騎馬で駆けてくる。

「姫さま――!」

侍女は足踏みする馬を御しながら叫んだ。

「すぐにお戻りを!　大可汗《だいカガン》がお呼びです」

「何かあったの？」

表情を引き締めると、侍女はこわばった顔でこくこく頷《うなず》いた。

「天可汗《テングリカガン》の御使者が来られました」

可汗は部族の長《おさ》を示す言葉で、部族をまとめる鶻国王は大可汗と呼ばれている。

天可汗というのはかつて帝国に服従した際「自分たちの上に立つ至高の王」という意味で皇帝に奉った尊称だ。

「……いよいよ御沙汰があるというわけね」

ふぅ、と息をついて寧寿は馬首を巡らせた。

侍女を従え、草原を疾駆する。ところどころに薄く雪が残っていた。暦の上では春になっても北方の草原はまだ冬の名残が濃い。

しばらくするとぽつぽつと白い天幕《ゲル》の群が見えてきた。煌国の麾下《きか》に入ってから定住生活と農耕も始めたが、生活の基盤は今でも遊牧と狩猟だ。

宮殿は巨大な天幕で、周囲には側近の貴族たちの天幕が充分な間隔を置いて連なっている。移動を考慮しないため、どの天幕も大きくて立派なものだ。

中心にそびえ立つひときわ巨大で広壮な天幕が鶏国の牙帳《がちょう》――王宮である。

寧寿は召使に馬を任せ、侍女と一緒に大可汗の天幕に入った。外側は飾り気のない白いフェルトで覆われているが、内部は豪奢《ごうしゃ》な宮殿だ。煌暉わたりの黒檀《こくたん》の家具調度が飾られ、朱塗りの柱には美しい模様が描かれている。

内部は壁や錦の垂れ布でいくつかの部屋に区切られ、板張りの廊下もある。

コツコツと革長靴《ブーツ》のかかとを鳴らして奥へ進み、玉座の間へ入った。敷きつめられた豪華な絨毯《じゅうたん》を踏んで玉座の前に進み、寧寿は跪いて頭を垂れた。

「大可汗の御召により罷《まか》り越しました」

「姉上」

玉座から澄んだ声が返ってくる。顔を上げると端整な顔の少年が困惑に眉根を寄せていた。

現在の鶺国王、李燕晶《リ・エンショウ》。寧寿の異母弟である。十四歳になったばかりながら、思慮深く聡明《そうめい》な少年だ。

玉座の周りには鶺国人の他に煌国から派遣された官吏が控えている。そのなかに見慣れぬ一団が混じっていることに寧寿は気付いた。

「姉上。こちらはこのたび天可汗《テングリカガン》から遣わされた使者だ」

進み出た地位の高そうな煌暉人が無表情に一揖《いちゆう》した。寧寿も拱手《きょうしゅ》して礼を返す。

「使者どの。これが我が姉である鶺国の姫、李寧寿だ」

燕晶の言葉に使者は頷き、じっと寧寿を見つめた。

「……お美しい姫君だ。必ずや皇上もお気に召すことでしょう」

寧寿は背中がぞくっとするのを感じた。

コホン、と燕晶が気まずそうな咳払《せきばら》いをする。

「姉上。実は姉上に……煌暉国へ嫁いでいただくことになった」

ああ、やはり――。

寧寿はそっと唇を噛んだ。まったく驚かなかったとは言えないが、青天《せいてん》の霹靂《へきれき》というわけでもない。帰順の証《あかし》として煌暉国が人質を求めてくるのは予想の範囲内だ。

すでに不忠の詫《わ》びとして様々な財物を贈ったが、物だけで済まされるわけがない。

「……承知しました」

寧寿はふたたび使者に向かって拱手した。

「どうぞよしなに、お願いいたします」

恭順の意を示したことに満足したのか、使者は鷹揚《おうよう》な面持ちで頷いた。

寧寿の脳裏に、先ほど漠然と眺めていた草原の景色が浮かんだ。

あの草原を越えて行くのだ。

大帝国・煌曄の京師《みやこ》へ――。

そう思うと寧寿の心は不思議な高揚感に包まれた。


「すみません、姉上」

使者との謁見の後、燕晶は寧寿を私室に呼んで詫びた。微笑《ほほえ》んで首を振る。

「いいのよ。人質に出られるのはわたしくらいなものだもの」

「いや、一応は妃《きさき》として嫁いでいただくのですが……」

口ごもる弟に寧寿は闊達《かったつ》に笑ってみせた。

「それは建前で、実質的には人質なんでしょ？　いいのよ。ちゃんとわかってるし、納得してるから」

「姉上……」

しゅん、とした弟の鼻を、寧寿はきゅっと摘んだ。

「こーら。そんなしょげた顔しないの！　燕晶は今や鶡の大可汗《おうさま》なんだからね」

「……本当に、私に務まるのでしょうか」

気弱そうに呟く弟に、寧寿は大きく頷いた。

「もちろんよ。さっきだって、ずいぶん様になってたじゃない」

「そ、そうですか……？」

えへ、と嬉《うれ》しそうに笑う燕晶は年相応――いや、少しあどけないくらいだ。

「大丈夫。あなたは立派にやっていける」

寧寿は言い切った。半分は自分に言い聞かせるためだ。本当は心配だった。燕晶は賢くて聡明な子だが、国王になるとは彼自身もふくめて誰も思ってはいなかったのだから。

「姉さま！」

愛らしい声がして、ふたりの童女が駆け寄ってくる。

「明菻《メイリン》。明芳《メイホウ》」

十歳と八歳の姉妹は両側から寧寿の腰に抱きついた。

「姉さま、お嫁に行くって本当？」

「遠くへ行っちゃうって本当？」

涙ぐみながら見上げられ、鼻の奥がツンと痛くなる。

「……ええ、煌国へ行くの。天可汗《テングリカガン》のお妃になるのよ」

「人質だってお母さまが言ってたわ」

「お父さまやお兄さまたちのように殺されちゃうって言ってたわ」

寧寿は驚き、膝をついて異母妹たちと視線を合わせた。

「そんなことないわ。戦は終わったの。鶊国と煌国がまた仲良くなるためにお嫁に行くのよ」

「行っちゃやだ！」

「姉さま、行かないで」

腰にしがみついて訴えかける妹たちの姿に瞳が潤む。つられて燕晶まで涙ぐんでいると、戸口から厳しい声がした。

「何をしているのです、そなたたち」

三人の弟妹の母親である明佳《メイケイ》に睨《にら》み付《つ》けられ、寧寿は首を縮めた。昔からこの義母は苦手だ。寧寿の母と折り合いが悪く、何かとつらく当たられることが多かった。

明佳は刺繍《ししゆう》や金板で飾られた盤領《まるえり》の豪華な衣装をまとい、珊瑚《さんご》や青瑪瑙《あおめのう》を嵌《は》め込《こ》んだ巨大な角型《つのがた》の頭飾りを付けている。顔の両側には精緻な銀細工の髪飾りが胸元まで垂れ下がり、身じろぎするたびシャラシャラと涼しげな音を立てた。

「お母さま。姉さまを人質に出すのはやめてください」

姉の明菻が悲壮な顔で懇願する。

「まぁ、人聞きの悪い。寧寿はお嫁に行くのですよ。それも煌曄帝国の皇帝の元へね」

動じることなく涼しい顔で明佳はホホと笑った。きっと明菻たちは母親が気心の知れた侍女たちと喋《しゃべ》っているのを耳にしたのだろう。

「人質には、わたしがなります」

幼い明芳が決死の面持ちで言い出し、寧寿は目を丸くした。明佳が眉を逆立てて叫ぶ。

「何を言うの!? 八つになったばかりのそなたをひとりで異国にやれるわけないでしょう。――寧寿、そなたよもやこんな稚《いとけな》い妹に身代わりになれなどと言うまいな!?」

「と、とんでもありません」

慌てて両手を振り回す。

「もちろん煌国へはわたしが参ります。嫁だろうが人質だろうが気にしません」

「……ふん。そなたは半分、煌曄の人間。すぐになじむであろうよ」

嘲りのこもった声に寧寿は唇を引き結んだ。

「この娘たちは国内の有力可汗（部族長）への嫁入りが決まっています。先の戦で、王家ゆかりの部族は大きく損なわれた……。我が息子、燕晶のためにも新たな絆《きずな》を作り、補佐してもらわねばなりません」

「わかっています」

腹立ちを抑えて寧寿は頷いた。

（そもそも父をそそのかし、危険な野心を煽《あお》ったのはあなたじゃないの……）

心のうちに恨み言を呑《の》み込《こ》む。謀叛《むほん》を企てた一派は明佳妃の出身部族とその縁戚関係が中心だ。明佳の父親を始め要人が軒並み戦死してしまったため、責任問題は都合よくうやむやにされた。

（でも、燕晶に有力者の補佐が必要なのは事実だから）

燕晶は側室の子で、上には正室の息子ふたりと、別の側室の息子がひとりいたが、三人とも父と一緒に戦死してしまった。大可汗《こくおう》の地位は明佳の産んだ燕晶に転がり込んできた。

（もしかしたらそれを狙って父をそそのかしたのかも……？）

だとしても、邪魔者と一緒に自分の夫や父、血族の有力者まで失ってしまったのは計算外だっただろう。いわば燕晶は丸裸の状態で王位に就いたようなもの。野心家の明佳も、今は我が子を守ろうと必死なのだ。

（そう。もしここで、煌国が攻めてきたら――）

完全に鵜は潰される。独立は失われ、帝国の一地方に組み込まれてしまう。なんとしてもそれは避けなければ。

「……心配しないで、明森、明芳」

寧寿はふたたび跪いて妹たちの頭をそっと撫《な》でた。

腹違いの姉を、この子たちは無邪気に慕ってくれた。可愛《かわい》い妹たち。まだこんなに幼いのに、ふたりもまた近々嫁がされてゆく。けっして仲がよかったとは言えない部族に。つらいこともたくさん待ち受けているだろう。寧寿にはただ妹たちの幸運を祈ることしかできない。

もしも自分が煌曄に嫁ぐことで、地に落ちたこの国の評価を幾分なりとも上げられたら。王家の威信が回復すれば、妹たちの処遇もきっとよくなるはずだ。

「明佳さまの仰《おつしや》るとおり、わたしのお母さまは煌曄の人なの。お母さまに連れられて、節度使（辺境防衛長官）だったお祖父《じい》さまのところでしばらく過ごしたこともあるから言葉に不自由しないし、風習にも慣れてるわ。煌国の宮廷でもきっとうまくやっていける」

「本当？」

「寂しくない……？」

「もちろんあなたたちに会えないのはとっても寂しい。だから手紙を書くわ。あなたたちもきちんと手習いをして、わたしに手紙を送ってちょうだい」

「うん！」

幼い姉妹は目を輝かせて頷いた。

抱きついてくるふたりを抱擁しながら、寧寿はそっと燕晶を見上げた。無言のまま佇《たたず》んでいた弟は唇を噛みしめながら、ゆっくりと、決意を込めて頷いた。

荒っぽい性格揃《ぞろ》いの異母兄たちの陰にあって目立たなかったが、燕晶は賢い子だ。今この国に必要なのは思慮深い統率者。きっと燕晶なら煌国から遣わされた官吏の信用も得られる。

だから、わたしはわたしにできることをしよう。

きっとわたしが一番うまくやれるはずだから――。

このぬくもりをどうかいつまでも覚えていられますように……。寧寿は小さな身体に回した腕に力を込めた。


慌ただしく準備が整えられ、使者の到着から十日後に寧寿は故郷を発《た》った。

身ひとつで来るようにという皇帝の意向で、侍女を連れて行くことは叶《かな》わなかった。心細くはあれど贅沢《ぜいたく》を言える身分ではない。敗戦国から帰順の証として差し出されるのだ。

使者の一行に女性はおらず、伴ってきた宦官《かんがん》のひとりが寧寿付きとなった。のっぺりとした顔立ちの中年の宦官は、無口で表情も薄かったが、心付《チップ》を弾んだこともあってか世話はきちんとしてくれた。鶊国に宦官はいないが、節度使だった祖父の屋敷には何人もの宦官が働いており、寝込んだ母の世話などもよくしてくれたものだ。

寧寿の母はごく幼い頃に父の節度使就任に伴って、煌曄の都から鶊国との境目である玄州・毅《き》山《ざん》鎮《ちん》へやって来た。

交流を深め、互いの土地を行き来するうちに母は父と出会い、妻に望まれた。正室がすでにいたので側室としてではあったが、一国の王に嫁すこととなった。

父は母をたいそう寵愛《ちょうあい》したけれど、生来あまり丈夫ではなかった母は、寧寿を産むと頻繁に体調を崩すようになり、祖父の屋敷へ戻った。祖父は豪気な人柄で、女である寧寿にも勉学や武芸をよく仕込んでくれた。

また、鶏国では男女を問わず騎馬術や弓術を身につけるのが当然だったので、成人前の寧寿は男の恰好をして自由気儘《きまま》に野山を駆け回ったものだ。

（……そういえば、賊に襲われた人を助けたこともあったっけ）

馬車に乗せられて暇を持て余した寧寿は、次第に変化してゆく景色をぼんやり眺めながらふとそんなことを思い出していた。

人が殺されそうになっているのを目撃して、無我夢中で弓を射た。それで殺されそうになっていた人間は助けられたが、殺そうとしていた男は寧寿の放った矢を心臓に受けて死んだ。

それが正しかったのかどうか、今でもわからない。

人を助けるためとはいえ、別の人間を思いがけず殺してしまった事実は、寧寿の心に大きな傷痕を残した。弓の稽古にはより熱心に取り組むようになったが、それは狙った場所に必ず当てたかったからだ。あのときだって心臓を狙ったわけじゃない。無我夢中で矢を放っただけ。

あの男は口汚く罵りながら柳葉刀を振り上げていた。ただそれを止めたかったのだ。

鍛練を積み重ね、寧寿は弓術大会で優勝するほどになった。今では走る馬の上からでも的の真ん中を射抜ける。

(……後宮に入ったら、弓の腕前なんて役に立たないだろうけど)

寧寿は溜息《ためいき》をつき、馬車の窓枠に顎を乗せた。

あれから四年――。まるであの出来事がきっかけとなったかのように、次々と変化が起こった。母が亡くなり、祖父は任期を終えて毅山鎮を去った。まもなく寧寿には初潮が来て、成人した姫として扱われるようになった。

ことのほか寵愛していた母を失った父は、もうひとりの側室、明佳妃の影響を強く受けるようになった。明佳の出身一族は煌曄の軛《くびき》を脱することを主張していた。そして最悪の――彼らにとっては絶好の――時期に煌国で内乱が起こった。

時の皇帝に対し、その異母弟が、父が遺言で後継者《あとつぎ》に指名したのは自分だと主張したのだ。寧寿が嫁ぐのは、異母兄に勝利して帝位を我が物とした弟皇子。現皇帝、曄玉藍《ヨウ・ギョクラン》だ。

(皇子時代の皇上は、玄州王に封じられていたのよね)

玄州王府が祖父の任地である毅山鎮からさほど遠くないのは奇妙な偶然だ。

祖父の後任はまったく縁のない人物だったので、交流はすでに途絶えている。

もしも祖父がまだ任にあれば、父の無謀を止められたかもしれない……。そう思うとやはり忸怩《じくじ》たるものはあった。祖父との交流は絶えたまま、どうしているのかもわからない。

街道沿いに宿を取りながら進むこと七日。ようやく煌曄の京師《みやこ》、台雅《タイガ》が見えてきた。馬車の窓から身を乗り出し、驚嘆に目を瞠《みは》っていると『危ないですよ』と宦官にたしなめられた。

「あれが京師《みやこ》なの？　あの壁の向こうが？」

「そうですよ」

「すごく広そう！」

「広いですとも」

窓から顔を出して宦官が得意げに頷いた。舞い上がる土埃《つちぼこり》の向こうに、うっすらと霞《かす》む巨大な邑《まち》が迫ってくる。

「台雅の邑《まち》は東西およそ十六里（約10㎞）、南北およそ十四里（約９㎞）ございます」

「それがあの高い壁で囲まれてるの？」

「はい。城壁の高さは十七尺（５ｍ）、外周はおよそ五十七里（約36㎞）です」

そうこうするうちにも馬車はどんどん近づいて、巨大な城門が見えてきた。

「あれが東の門、春明門《しゅんめいもん》でございます」

城壁の上には朱塗りの欄干や柱を備えた白壁の楼があり、黒い屋根瓦が陽光に輝いている。窓から見上げると、城壁の上には長柄の武器を携えた兵がたくさん警備に就いていた。

城壁の厚みも相当なもので、高さの倍はありそうだ。薄暗い隧道《トンネル》をくぐり抜けると、目の前に広々とした街路が開けた。

「わぁっ……！」

寧寿は歓声を上げた。顔を左右しないと端まで見えないほどの幅があり、そこに大勢の人馬や荷車がひしめいているのだ。

「あっ、駱駝《らくだ》！」

「西胡の商人でしょう」

彫りの深い顔立ちと薄い髪色をした男たちが駱駝を牽《ひ》いて悠然と歩いている。鶉の牙帳《みやこ》にも時折西域の商人が珍しい文物を持って訪れたことを思い出した。

「そちらに東市があります。西の金光門の近くには西市がありますよ。邑《まち》の内部は南北に九つ、東西に十二の街路があります。仕切られた区画は坊里といって、壁で囲まれた、いわば小さな邑《まち》ですね。台雅《タイガ》には全部で百九の坊里がございます」

「そんなに！」

寧寿は目を丸くした。大きな邑のなかに小さな邑があって、そこにたくさんの人々が暮らしているのか。この通りだけでもこんなに雑多な人たちがひっきりなしに行き交っているのだから、全体ではどれほどの人口を抱えているのだろう。

尋ねると、『百万は下らないでしょうね』とさらりと返ってきて眩暈《めまい》がした。寧寿は窓枠に掴まって、賑《にぎ》わう大通りをぽかんと眺めた。

（百万……。ここだけで、百万もの人がいるの……？）

しかも煌国の邑はここだけではない。むろんこんな規模の邑は他にないだろうが、考えてみれば祖父が赴任していた毅山鎮だってけっこう賑わっていた。京師《みやこ》の威容を目の当たりにしては、単なる田舎町に過ぎなかったのだとつくづく実感したが。

（こんな国と戦争して勝てるわけないわよ……）

まったく、一目でも台雅を実際に見たことがあれば無謀な戦を始めはしなかっただろうに。

（そうすれば、お父さまも、お兄さまたちも……死なずにすんだのだわ）

そう思うと悲しくなってきて、寧寿は潤む瞳を袖口でぐいとぬぐった。

馬車は賑わう東市の前を通りすぎ、やがて右手に周囲の坊里とは異なる白い石造りの堅牢《けんろう》そうな壁が見えてくる。

「あのなかが皇城です」

「皇帝の宮殿ってこと？」

「いいえ、官庁街です。皇上がお住まいになっているのはその奥にある宮城です」

朱塗りの太柱に鳳凰《ほうおう》の描かれた巨大な門をくぐり、両側に整然と建物が並ぶ大理石の大道を北上するとふたたび大門が現れた。

「ここから先が宮城。煌曄皇帝のお住まいです。皇上はこちらで政務をお執りになります」

「はぁ……」

なんだかもう驚きすぎて言葉が出ない。

宮城のなかは目も綾《あや》な装飾を施された宮殿が建ち並んでいた。さらさらと流れる用水路に木々が涼しい翳《かげ》を落とし、色とりどりの花の咲き乱れる庭園がある。

さらに奥に進んでやっと馬車から降りると、濃い灰色の袍《ほう》に身を包んだ一団が待ち受けていた。宮城で働く宦官たちだ。

中心にいた人物が寧寿の前に進み出て、うやうやしく拱手した。

「お待ちしておりました、姫君。私は司礼監太監、戻寥《レイ・リョウ》と申します」

「よ、よろしくお願いします……」

寧寿は我に返って顔を赤らめながら一揖《いちゆう》した。戻寥と名乗った宦官は金髪で碧《あお》い瞳をしていたのだ。

彫りが深い顔立ちからして西の胡人――西域から来た人間だろう。背が高く、眉目秀麗という言葉がぴったりだ。年齢は三十代の半ばから後半？　美貌ゆえか、ちょっと年齢がよくわからない。

「まずは皇上にご挨拶を。どうぞこちらへ」

使者に道中のお礼を言って、戻寥の後に続く。立ち居振る舞いは堂々としており、彼が内廷を取り仕切る存在だということが実感された。

「こちらの控えの間にてしばしお待ちください。皇上はただいま執務中でございますので、手が空き次第、姫君のご到着を奏上いたします」

「承知しました」

戻寥はにこりと微笑み、優美に一揖《いちゆう》して出ていった。寧寿は室内を見回し、美しい榻《ながいす》の端にちょこんと腰掛けた。やがて数人の女官が茶器を運んできた。

女官が淹《い》れてくれた茶を緊張しながら飲んでいると、扉が開いて戻寥が現れた。

「皇上が引見なさいます」

寧寿は頷いて立ち上がった。案内された大広間は磨かれた色違いの御影石《みかげいし》が美しく市松模様に敷きつめられ、立ち並ぶ朱塗りの柱を映し出していた。奥のほうは数段高くなっており、そこに玉座がしつらえられている。

寧寿は戻寥の指示に従って玉座へ続く階《きざはし》の前で跪いて叩頭《こうとう》した。まもなく奥のほうで銅鑼《どら》が鳴り、よく通る美声が「皇上の御成《おな》りー！」と告げた。

額を冷たい床に擦りつけてかしこまっていると、カツカツと沓《くつ》が床を蹴る音がした。玉座に座る気配がしたが、声はない。その代わり視線を感じた。じっと自分を見下ろす鋭い視線。

それがひどく剣呑《けんのん》なものに思えて、寧寿の背中に冷たい汗が浮かんだ。

（に……睨まれてる……？）

いや、驚くことはない。鶺は煌国の内乱に乗じて謀叛を起こしたのだから当然だ。

「──そなたが鶺国の姫か」

冷ややかな声が玉座から降ってきた。堂々として深みのある、響きのよい声音だった。

「は、はい。李寧寿《リ・ネイジュ》と申します」

平伏したまま答える。緊張で声が裏返り、悔しくてぎゅっと唇を噛んだ。無意識に床に爪を立ててしまう。ふたたび沈黙と、厳しい視線を感じた。やがて皇帝がそっけなく命じた。

「面を上げよ」

おそるおそる寧寿は身を起こした。階の最上段、さらに臺《うてな》の上にある玉座から、若い男が峻厳《しゅんげん》な顔でこちらを見下ろしていた。

「――朕《よ》が煌曄皇帝、曄玉藍《ヨウ・ギョクラン》である」

「拝謁を賜り、恐悦にございま……す……」

視線がぶつかった瞬間、心臓がドキリと跳ねる。

（瞳が……蒼《あお》い……？）

玉座の人物は予想していた顔立ちとはかなり違っていた。煌曄人である祖父のような目鼻だちをなんとなく想像していたが、彼は宦官の戻寥と同じく彫りが深く鼻が高い顔立ちだった。

そして明らかに目が蒼い。かなり距離はあるものの、広大な草原の国で育った寧寿は視力がとてもよいのだ。

皇帝は物憂げな様子で玉座の片腕に肘をついているが、視線は獲物を狙う鷹《たか》のように鋭い。

どこかで見たことがあるような……？

とまどいに視線を外せないでいると、皇帝はフッと皮肉げに唇をゆがめた。

「朕《よ》の顔立ちがそれほど珍しいか」

ハッと我に返って寧寿は床に額をこすりつけた。

「ご、ご無礼いたしました！」

「朕の母は西域胡人だ。そこに控えおる戻寥と同様にな。鵜には西域の人間が訪れることがないのか？」

「い、いえ。交易商人が隊を組んで時折訪れますし、結婚した者もございます」

「そうか。――ところで李寧寿よ。そなた、何故ここに来たのか、わかっているだろうな？」

「はい……」

寧寿が緊張に背筋をこわばらせると、玉藍はなだめるような、それでいて甘さのない微笑を浮かべた。

「鵜国の処遇はそなたの言動にかかっているものと心得よ」

「畏《かしこ》まりましてございます」

緊張で舌がもつれそうになった。さすが大国の皇帝――それも兄に反旗を翻すかたちで皇位を主張した男だけのことはある。まだ若いのに、こうして相対しているだけでびりびりするような迫力が伝わってくる。

「そなたには内廷において才人《さいじん》の位を与える」

「光栄でございます」

それがどれほどの地位なのかさっぱりわからないが、寧寿はさらに平身低頭した。たぶん一番下っ端だろうが、少なくとも罪人扱いされなければ充分ありがたい。

「もう一度、よく顔を見せよ」

おずおずと顔を上げると、皇帝はやけに真剣な顔で寧寿の顔を左見右見《とみこうみ》した。

(何かしら。もしかして気に食わなかったとか……?)

いちおう、国元では美人だと言われているのだけれど……。人の好みはそれぞれだ。

「……そなた、年の近い兄弟はいるか?」

唐突に思ってもみなかったことを問われて寧寿は面食らった。

「兄弟ですか?　一番年が近いのは……ひとつ上の兄かと」

「その者はどうしている?」

「死にました。先の戦で」

淡々と答えると、皇帝はちょっとたじろいだ顔になった。

「……そなたに似ていたか?」

「特に似てはいなかったと思います。腹違いですし、わたしは母に似ているそうなので」

何故か皇帝はホッとしたように頷いた。

「今の鶺国王は何歳だったかな」

「十四です」

「なら違うな……」

独り言のようにぼそりと皇帝は呟いた。何が違うのかと訝《いぶか》しみつつ、黙って控えていると、皇帝は軽く手を振って立ち上がった。

「長旅で疲れているであろう。ゆるりと休むがよい」

あわてて額付《ぬかづ》くと毅然《きぜん》とした沓音が遠ざかっていった。戻寥が近づいて声をかける。

「李才人、どうぞお立ちください。これからお住まいになる殿舎へご案内いたします」

戻寥に続いて大広間を出て、広大な宮殿を進みながら小声で寧寿は尋ねた。

「あの。才人というのは、どういうお役目なのでしょう……?」

「お妃のひとりです。正室である皇后の他、側室として四妃、九嬪《ひん》、九婕妤《しょうよ》、九美人、九才人、二十七宝林《ほうりん》、二十七御女《ぎょじょ》、二十七采女《すいじょ》。合わせて百二十二の位があります」

立て板に水とずらずらと並べ立てられ、寧寿は仰天した。

「そんなに⁉」

「寧寿さまは才人ですから正五品の位になります」

ということは中の下……くらいだろうか。側室ということはつまり妾《めかけ》だが、いちおうお妃に間違いはないらしい。実際には宮女にされるか、最悪、官婢《かんぴ》として御不浄《トイレ》掃除とかやらされるかも……と覚悟してきた寧寿は大いに安堵《あんど》した。

宮城《きゅうじょう》にはたくさんの宮殿が園池を挟んで建ち並び、軒に美しい宮灯《きゅうとう》を下げた渡り廊下や、朱金の欄干《らんかん》を持つ優美な太鼓橋で繋《つな》がっている。

寧寿が案内されたのは東の端のほうにある殿舎《でんしや》で、宮城にいくつかある池のほとりだった。廊下で繋がった四方の建物が院子《なかにわ》を囲んでいる。奥の房室《へや》に通されて榻《ながいす》に腰を下ろすと、戻爹が年若いふたりの男女を紹介した。

「李才人のお世話をする者たちです。他にもおりますが、このふたりが責任者となります」

「菊花《キッカ》と申します」

十六、七の真面目そうな少女が緊張した面持ちで拱手する。

「呂荷《ロカ》と申します」

菊花よりいくらか年下、十四くらいの少年が恭しく頭を下げた。少年といっても、戻爹と同じく宦官だ。女の子のように可愛い顔立ちをしており、とても利発そうだ。

「よろしくね」

にっこり微笑むと、ふたりはホッとした笑顔になった。

「ご不自由があればご遠慮なくこのふたりにお申しつけください。それでは私はこれで」

「ありがとうございました」

一揖《いちゆう》する戻爹に寧寿は丁寧に会釈した。戻爹が出て行くと、菊花がふたたび拱手した。

「あの、李才人――」

「寧寿でいいわよ」

「そ、そうですか。では、寧寿さま。よろしければ湯浴《ゆあ》みなどなさってはいかがでしょう。馬車に揺られてお疲れでしょうし……そのあいだに何か摘《つま》むものでも用意させますので」

「嬉しいわ！　馬車ってあんまり乗り心地よくないのよね。すごく揺れるし。慣れた馬に乗って来たかったんだけど」

「街道沿いには盗賊が出ることがございますから、用心なさったのだと思いますよ」

菊花の言葉に頷き、湯殿に案内してもらう。大木をくり抜いた湯船はゆっくり脚が伸ばせるくらい大きく、なみなみと湯が張られていた。

故郷では蒸し風呂が多かったが、寧寿は浴槽に浸《つ》かるのが好きなのでこれは嬉しい。

菊花はかいがいしく世話を焼き、髪もきれいに洗ってくれた。湯から上がると菊花は美容に効くという薬草茶を用意し、寧寿が飲んでいるあいだにていねいに爪の手入れをした

身繕いが終わると呂荷が着替えを持ってやってきた。

「どうぞこちらをお召しください」

広げて見せられたのは煌曄風のきらびやかな衣装だった。着慣れた盤領《まるえり》を盤釦《ひもボタン》で留める胡服とは違って衽《おくみ》のないまっすぐな方領だ。

襟の広い汗杉《したぎ》の上から大きな袖のついた紅梅色の杉襦《ブラウス》を着て裳裾《もすそ》を引きずる長裙《スカート》を巻き付け、胸高に蘇芳色の帯を締める。その上から紗の領巾《うすものストール》をふわりと肩にかけ、刺繍の施された絹の沓を履かせてもらった。

ひととおり着付けが終わると菊花は目をキラキラさせて寧寿を眺めた。

「なんてお美しい！　胡服姿も素敵でしたが、こちらもよくお似合いですわ、寧寿さま！」

「ありがと……。でもなんだか股がスースーして落ち着かないわ」

「それなら下にこちらの膝褲《ドロワーズ》をお召しになってはいかがでしょう」

膝丈の短い褲《ズボン》を示され、ホッとして頷いた。これを穿《は》けば馬にも跨がれる。

一旦襦裙を脱いで膝褲《ドロワーズ》を穿き、改めて着付けてもらった。

「……うん。これなら大丈夫そう。でも、やっぱり動きにくいわね」

ひらひらした袖や裳裾を眺めて溜息をつくと、菊花はくすくす笑った。

「すぐに慣れますわ。寧寿さまはお妃なのですから、お身の周りのことはわたくしたちがいたします。お困りになることはないと思いますわ」

「やっぱり、じっとしてなきゃいけないのかしら？」

建前はお妃でも実際には人質……とは口にしないでおく。菊花は笑ってかぶりを振った。

「そんなことございません。胡服は動きやすいので京師《みやこ》でもおおいに流行《はや》っておりますし、どうしてもそちらのほうがよいと仰せでしたらそのようにいたしますよ」

少し考え、しばしこれで過ごしてみることにした。郷に入っては郷に従え、だ。流行っているからといっていつまでも故郷の服装をしていたら恭順の意を疑われるかもしれない。

いつか帰郷できるあてのある人質とは違う。名目だけにせよ皇帝の妃なのだ。いいとこ一生飼い殺し。それにしては悪くない処遇だ。気立てのよさそうな召使も付けてもらえた。

（他にも大勢お妃がいるみたいだし、さっきの遣《や》り取《と》りからしてわたしはあまりお好みではないみたいよね）

　似た兄弟はいるかと尋ねられた意味はよくわからないが、寧寿の顔が男っぽいと言いたかったのかもしれない。

　寧寿は母親似ではあるが、楚々《そそ》とした美女だった母とは違って顔立ちはきりっとしている。いわゆる男前の美貌で、子どもの頃は美少年とよく間違えられたものだ。

　髷《まげ》に結った髪に歩揺《かんざし》を挿し、薄化粧をして額に紅で花びらのような花鈿《かでん》を描いてもらった。鏡を見ると、なんだか自分とは思えなくてとまどったが、菊花と呂荷は「なんとお美しい！」としきりに褒めそやした。お世辞にしても褒められれば悪い気分ではない。

　凝った細工格子のついた窗《まど》から池と園林《にわ》を眺められる房室《へや》に移り、用意された点心《おやつ》をいただきながら何気なく寧寿は呟いた。

「静かねぇ……。百二十人以上もお妃がいるようにはとても思えないわ」

　茶を注ぎながら菊花は眉根を寄せた。

「何を仰います？　お妃さまは寧寿さまだけですわ」

「は？」

　当然とばかりの答えに今度は寧寿がびっくりする。

「そんな！　いくらなんでもわたしだけってことはないでしょう」

「寧寿さまだけですよ。寧寿さまは皇上が初めてお迎えになったお妃さまです！」

呂荷の言葉に菊花はうんうんと頷いた。寧寿はぽかんとふたりを眺めた。

「だって、戻爹さんが百二十二人だかお妃の位があるって……」

「それは最大定員です。確かに先代の皇帝は三十人、先々代の皇帝は五十人ほどお妃をお持ちでしたが今の皇上はずっと独身でいらして。やっと娶《めと》られたのが寧寿さまなのですよ。ねっ」

「ね！」

菊花と呂荷は嬉しそうに頷きあった。

「わたしたち、初のお妃さまにお仕えできて、すっごく光栄なんです！」

「はぁ……。あの、わたし、本当はお妃というより人質……なんだけど？」

「そんなの関係ありません！」

きっぱりと菊花が言い切り、呂荷もうんうん頷いた。

「そうですとも。娘娘《ニャンニャン》はとってもお美しいし、皇上も大変お気に入られた様子だったと、同僚から聞きました！」

「娘娘《ニャンニャン》⁉　それって女神さまのことじゃなかった？」

「皇后さまの敬称でもあります」

「わたし皇后じゃないから！　才人よ、中の下よ⁉」

「いずれ皇后になられるのだからいいではありませんか。大体、内廷には寧寿さまの他にお妃はおられません。寧寿さまが第一位です」

それはたまたま一番乗りだったというだけで……！

「皇上は寧寿さまのことを長いことじーっと見つめていらしたそうですし」

（あれは睨まれていたのだと思うけど……）

ひくりと寧寿は口許《くちもと》を引《ひ》き攣《つ》らせた。

いくら説明しても、ふたりは頑として主張を変えなかった。そのように思い込んでいるのか、あるいは自分たちの仕える主人に皇后になってほしいという願望の現れか。

（鶏国のためにも、皇帝に気に入られたほうがいい……のよね？）

難しそうだけど……。

胡麻《ごま》餡《あんい》入りの一口大の餅とともに寧寿は溜息を呑《の》み込んだのだった。

第二章　運命の再会

その夜、皇帝からのお召しはなかった。寧寿は当然と受け止めたが、菊花と呂荷は心外そうだ。自分よりもふたりをがっかりさせてしまったのが申し訳ない。

翌日も翌々日もお召しはかからず、菊花は寧寿の真《ま》っ直《す》ぐな黒髪をさらさらと梳《くしけず》りながら溜息をついた。

「何故お召しにならないのでしょう。寧寿さまはこんなにお美しくていらっしゃるのに……」

「昼間の政務がお忙しくて、夜はくたびれていらっしゃるのでは」

ほんのり甘い蓮《はす》の実茶を差し出しながら、呂荷が懸命に取りなす。

「ごめんなさいね」

期待に添えないのが申し訳なくて詫びると、ふたりは慌ててかぶりを振った。

「寧寿さまが謝られることではありません！」

「皇上は娘娘のお美しさに気付いていらっしゃらないのかも！」

「そういえば、寧寿さまの襦裙姿をまだご覧になっていないわよね……」

ふと菊花が呟く。確かに拝謁したときは着慣れた故郷の服装——こちらで言う胡服だった。むろん一国の姫君らしく、煌曄《こうよう》から取り寄せた高価な絹地で作られた美麗なもので、六枚の革を接いだ長靴《ブーツ》は念入りに磨き上げた。

革帯《ベルト》には金板を貼り付けて紐状《ひもじょう》の宝玉飾りを垂らし、普段は後頭部で結わえているだけの髪もきちんと髷を作って持参財でもある珍貴な珊瑚の簪《かんざし》を挿した。礼を失しないよう最大限気をつけたつもりだ。

じろじろ見られはしても、不愉快そうではなかったはず。煌国には鶏《りょう》のような東胡の他、西域の胡人や遥《はる》か遠方の波斯《ペルシャ》や大秦《ローマ》からの使節だって訪れると聞く。

菊花が言うには活動的な胡服は都に限らず煌国内で流行っているそうだ。持参した衣装のなかから似合いそうなものを一枚あげたらすごく喜ばれた。

皇帝自身、母親から西胡の血を色濃く受け継いでいることは顔立ちから明らかだ。しかし自分のお相手としては典型的な煌曄美女がお好みなのかもしれない。

「この麗しいお姿を見れば、いくら政務第一の堅物《かたぶつ》御仁《ごじん》だってお心を動かされずにはいられないはずですわっ」

「そうかしら……」

「そうですとも！」

菊花は鼻息荒く頷いた。真偽はともかく、無視されていると不安になってくるのは事実だ。

このままでは故国の立場改善の役に立てない。それが自分に託された役目なのに。

「……まぁ、かなり違っては見えるでしょうね。自分でも、襦裙を着て額に花鈿を描いてもらったら、ちょっと別人みたいに思えたもの」

寧寿が呟くと、菊花は控えている呂荷に目を向けた。

「あんた、戻《レイ》太監にお願いして、隙間時間にでもなんとか皇上にお運びいただけるよう取り計らってもらいなさい」

「わかった！」

大きく頷き、呂荷は勇んで房室《へや》を飛び出していった。

「ところで……、皇上は堅物なの？」

気になって尋ねると菊花は髪の手入れを再開しながら溜息をついた。

「そりゃあ政《まつりごと》に熱心すぎてご結婚を後回しにするくらいですから」

「為政者としてはご立派なことだわ」

「結婚だって大事なことですよ！　跡継ぎがおられないと心配じゃないですか」

「それはそうだけど……」

しばらくすると呂荷が戻爹本人を伴って戻ってきた。呂荷の訴えを聞き、様子見を兼ねて自ら足を運んだという。

「わざわざすみません」

恐縮する寧寿に、金髪碧眼《へきがん》の宦官《かんがん》は白皙《はくせき》の面に端麗な微笑を浮かべた。

「こちらこそ、不安にさせてしまって申し訳ありません。李才人をお召しになるよう、たびたび進言しているのですが……。まだこちらでの暮らしに慣れていないだろうと仰せられて」

（遠回しな言い方だけど、要するにその気になれないということよね）

寧寿はためらいがちに尋ねた。

「やはり、わたしがお気に召さないのでしょうか」

「そんなことはございません。私の見るところ、皇上は李才人にたいへん興味を持たれているご様子です」

「そうは思えませんけど」

疑わしげに眉をひそめる寧寿に戻寥は苦笑した。

「本当ですよ。皇上は皇子であった頃から勉学や武術には人一倍熱心に取り組んでおられましたが、女人に関心を示されることはほとんどなかったのです。しかし李才人のことは気になるようで、最初に引見された後、お迎えに上がった使者を執務室に呼んでいろいろと質問なさっておいでした」

訊《き》きたいことがあるなら直接訊けばいいじゃないの、と少々憤慨する。

菊花が淹れた香片茶《ジャスミン》を一口飲んで、戻寥はホッと息をついた。

「実は、皇上に鶴国の姫を娶ってはどうか……とお勧めしたのは私でして」

「そうでしたか」

「皇上は政務にご熱心なあまり、周囲の者が結婚をお勧めしても今はそれどころではないだの面倒だのと後回しにされるばかりで……。だったらいっそ政治に絡めてしまえばよいのでは、と申し上げてみたのです」

「はぁ……」

「李才人。あなたはこの結婚が名目だけで、実際には恭順の意を示すための人質だと思われているのでは？」

ずばり問われて目を瞠る。ごまかしても仕方ないと、寧寿は慎重に頷いた。

「是《はい》。正直に申し上げて、そのように考えております」

「間違ってはいません。確かに、煌国への帰順の証として来ていただきました。ですが、人質としての価値……という意味では、はっきり言って姫君にそれほどの価値はありません。本当に人質を取るつもりなら、まだ少年の新しい鶺国王、燕晶どのを召し出します。他に手頃な男子王族がおりませんのでね。そして煌国から軍を持たせた監督官を差し向けます」

きっぱりと言われ、寧寿の背に冷たい汗が浮く。青ざめる寧寿に、戻寥はなだめるような微笑を向けた。

「ですから、人質というほうがむしろ建前で、実質的にはお妃としてこちらへ嫁していただいた……と思っていただいてけっこうですよ」

「つまり、ただ妻を娶るよう進言しても聞き入れてもらえないので、妃という名目で人質を取ってはいかがかと勧めたわけですか？」

「そのとおりです」

満足そうに戻寥は頷いた。

なるほど。ただの妃は面倒だからいらないが、人質兼任なら受け入れる利点があるかもしれない……と考えたということか。

（う～ん……。ひょっとして皇上って木石漢《ぼくせきかん》なのかしら？）

あれだけ見目麗しい美男子なのに、なんと残念な。

戻寥はお茶をひとくち啜《すす》って飄々《ひょうひょう》と続けた。

「ひとりでもお妃を迎えておけば、結婚を急《せ》かす側近を抑えることも期待できますしね。閨房《けいぼう》のことは私ども宦官が管理しておりますゆえ、高官たちには適当に言い繕っておけばいい」

ふと思い出して寧寿は確認してみた。

「あの……。わたしの他にお妃がいないというのは本当なんですか？」

「そうなのです。先代、先々代の皇帝が召し抱えておられた妃嬪《ひひん》たちもすべて実家に返されてしまって。気に入った女人がいれば留め置いてもよかったのですが。行くあてのない者のみ残し、後は代替わりを機にすべて解放してしまわれました」

「残った方々は……？」

「宮女として働いてもらっています。それが内廷に残る条件でした。ですからお妃はあなたさまだけなのですよ。おそらく当分その状態が続くでしょうね。今後は他の女人を勧められても、妃なら李才人がいるからもう必要ないと、もっともらしく撥《は》ねつけられます」

けろりとのたまう戻寥に呆《あき》れていると、彼は寧寿を眺めてにっこりした。

「それにしても、李才人がこのようにお美しい姫君だったのはもっけのさいわいでした。引見されたとき、皇上はあなたさまに興味津々でしたよ。傍《そば》で見ていてよくわかりました」

「しげしげと見られはしましたけど……。女としてのわたしに興味を持たれたようには思えませんわ」

「人質として迎えたのだという意識が強すぎて、かえってためらわれているのかもしれません。政務では大変有能ですが、私生活では、なんと言いますか……ひどく朴訥《ぼくとつ》な方でして」

傍らに控えていた菊花がこらえかねた調子で口を挟んだ。

「戻太監。一度なりともこちらへお運びいただけるよう皇上を説得してくださいませ。美しく着飾った寧寿さまをご覧になれば、きっとお心を動かされるはずですわ」

戻寥は頷いた。

「確かに。お召しの前に、まずはお茶など喫しながらゆるりと語らってみてはいかがとお勧めしてみましょう」

「よろしくお願いします」

寧寿は頭を下げた。名目だけの妃だとしても、一度くらいはじっくり話をしてみたい。今後、鵺をどのように扱うつもりなのかも気になるところだ。それに……。

（あの蒼い瞳を、もっと近くで見てみたい）

拝謁したときに感じた既視感はただの錯覚だろうか。どこかで見たことがあるように思えてならないのだけど……。

「他に何かご要望はございますか？　足りないものなどございましたら遠慮なくお申しつけくださいませ」

別に、と言いかけて、ふと寧寿は思い出した。

「少し外に出たいんですが。外というか、馬に乗りたくて……」

ああ、と納得した様子で戻寥は微笑んだ。

「もちろんかまいませんよ。宮城には良馬が揃《そろ》っておりますからね。御馬監《ぎょばかん》の太監に話を通しておきます」

礼を述べる寧寿に一揖して、戻寥は退出した。

「戻寥さんって、おいくつなのかしら」

「恰好いい方ですよね～」

菊花が頬《ほお》を染めながら相槌《あいづち》を打つ。さすがにあれほどの美形宦官ともなれば、宮女たちが騒ぐのも無理はない。顋に指をあてて考えていた呂荷が呟いた。

「確か……四十は越えてると思ったな」

「そうなの⁉　ずっと若く見えるわね。宦官は年より老けてる人が多いのに」

菊花が意外そうに目を瞠る。寧寿も同感だ。

「戻太監はもともと皇上の母上さまにお仕えしていたと聞いています。西域から来られた方でしたので、故郷を懐かしむお妃さまをお慰めするために同郷の戻太監を先々代の皇帝――今上帝の父君が側仕えにされたとか」

「それじゃ、皇上が幼い頃からご存じなのね」

「是《はい》。母上さまは数年前に亡くなられ、皇上が即位なさってから皇太后位を追贈されました。生前は美人の位だったそうです。戻太監は幼少時から皇上を養育なさり、今では司《し》礼監《れいかん》と敬《けい》事《じ》房《ぼう》の太監を兼任しておられます」

司礼監は皇帝の政務を事務面で補佐する秘書のような部署で、敬事房は閨房のことを司《つかさど》っている。つまり戻寥は内廷において皇帝の公私両面における補佐を請け負っていることになる。それだけ厚く信頼されている腹心であり、皇帝に仕える全宦官の頂点に立つ存在なのだ。

（育ての親ともなれば、信頼するのも当然よね）

その戻寥に強く言われれば、いかな木石漢でも顔くらい出してくれるだろう。

「戻寥さんの他にも西域出身の太監はいるの？」

この場合の太監は宦官全体を指す婉曲《えんきょく》表現だ。呂荷はかぶりを振った。

「僕の知る限り戻太監だけですね。これは又聞きなんですけど……」

呂荷が声をひそめ、寧寿と菊花は身を乗り出した。

「戻太監は罪人……だったらしいです。本来、死刑になるところを、罪一等を減じられて宮刑に処せられたとか」

「まぁ……。死刑になるほどの罪を犯しそうな方には見えないけど」

「たぶん、政争がらみじゃないですかねぇ」

「そういうことって多いの？」

「たまにはあるみたいですよ。昔は戦争捕虜をちょん切ってたそうですけど、今の宦官はほとんどが自宮者です」

鶏国の捕虜がちょん切られなくてよかったと寧寿はホッとした。事前の取り決めにより、寧寿が煌曄皇帝に嫁ぐと同時に先の戦で捕虜となった兵士たちは解放され、故郷に戻った。

（……無事に戻ったはずよね……!?）

心配になっていると、えへへと笑って呂荷が自分を指さした。

「僕も十歳のときに手術代を借金してちょん切ってもらったんですよ～」

「えっ」

「うち、ド貧乏の子だくさんで食うや食わずの生活だったものですから。でも、おかげで読み書きも教えてもらえたし、毎日美味《おい》しいごはんが食べられるし、実家に仕送りもできるし、ちょん切ってよかったと思ってます！」

無邪気に呂荷は笑う。うまく答えられず、寧寿はそっと呂荷のすべすべした頬を撫でた。

「……呂荷がわたしに仕えてくれて嬉しいわ」

「僕も娘娘《ニャンニャン》にお仕えできて嬉しいです！」

「娘娘はやめてほしいけどね……」

「いいじゃないですか！　せっかくお妃になったんだから皇后位を目指しましょうよ！」

菊花は意気軒昂に叫び、呂荷と肩を組んで拳を振り上げた。

「我ら一丸となって寧寿さまを皇后にするぞー！」

「おー！」

（なんて前向きな……）

寧寿は苦笑いしつつ、根負けしたように頷いてみせたのだった。


翌日から寧寿はさっそく乗馬を始めた。戻奓が言っていたように宮城の厩舎《きゅうしゃ》には体格も毛並みも最高の馬がずらりと揃っていた。

ついでに、御馬監では象と駱駝も飼育している。前の皇帝はきらきらしく飾りたてた象に乗って大通りを練り歩いたそうだ。今の皇上はそういう派手なことは好まないという。乗馬は好きで、親衛隊の兵士たちとよく打馬球《ポロ》を楽しまれるとか。

皇帝専用の馬以外ならどれでも好きなのに乗っていいと言われたので、寧寿は何頭か気の合いそうな馬を選んで試し乗りをしてみた。故郷での愛馬に似た栗毛《くりげ》の牝馬《ひんば》が気に入り、乗馬のできる菊花を伴って馬を走らせる。

久しぶりに活動的な胡服を着て馬を駆っていると、溜《た》まっていたモヤモヤが心地よい風で吹き飛ばされてゆくようだ。

宮城の裏手は広い草地になっていて、思う存分馬を駆けさせることができる。満喫して戻ってきた寧寿を呂荷は瞳を輝かせて出迎え、恰好よかったです～！　と昂奮《こうふん》ぎみに褒めたたえた。

それからは乗馬が日課になった。

数日後、乗馬を終えて湯殿で気持ちよく汗を流していると、呂荷がバタバタ走ってきた。

「娘娘！　皇上のお渡りです！」

「えっ？　い、急いで着替えなきゃ！　菊花、お願い」

「は、はいっ」

菊花は他の侍女たちにも手伝わせ、大急ぎで寧寿の身支度を整えた。

「もうっ、来るなら来ると前もってお伝えいただきたいですよね！」

手早く髷《まげ》を作りながら菊花はブツブツ文句を垂れる。

「仕方ないわ。たまたま政務の手が空いて、思い出してくださったのよ」

「時間があればもっと素敵にしてさしあげられるのに……」

「充分素敵よ、ありがとう」

髷に金細工の歩揺《かんざし》を挿してもらい、銀の手鏡で仕上がりを確認する。

「お待たせして申し訳ございません」

しずしずと房室《へや》に入り、拱手しながら寧寿は深々と頭を下げた。紫檀《したん》の肘掛け椅子で侍女たちから茶を供されていた玉藍が、頷きながらぶっきらぼうに言う。

「よい。座って楽にしろ」

侍女にかしずかれ、寧寿は卓子《テーブル》の角を挟む位置に緊張しつつ腰掛けた。

「突然訪《おとの》うて悪かったな」

「とんでもございません。その……、嬉しゅう……ございます」

寧寿は杉襦《ブラウス》のひらひらした大きな袖で顔を隠すようにうつむいた。

皇帝と話すのは半月ぶりで、やっと二度目だ。心の準備をする暇もないままこんな近距離で相対することになって、恥ずかしいというより狼狽《ろうばい》していた。

「そう緊張せずともよい。……と言っても難しいか」

憮然《ぶぜん》と玉藍は溜息をつく。ふと顔を上げた寧寿は、彼の蒼い瞳で見つめられていることに気付いてドキッとした。

皇帝は吉祥紋を織り出した美しい翡翠《かわせみ》色の交領袍に群青色の半臂《はんぴ》を合わせ、錦の帯を締めている。頭髪を黒い紗《うすもの》で包んでまとめ、西域の血筋を窺わせる目鼻だちのくっきりした精悍《せいかん》な美貌がより際立って見えた。

蒼い瞳は鋭く怜悧《れいり》だが、冷たくはない。瑠璃玉《ラピスラズリ》を思わせる鮮やかな深い青で、虹彩《こうさい》がやや金茶がかっているのがどこか神秘的だ。

（やっぱり似てる……）

四年前、山中で殺されそうになっているところを救った男は、これとそっくりな蒼い瞳をしていた。顔立ちはよくわからなかった。暴漢に何度も殴られたせいで血にまみれ、切れた瞼が腫れ上がっていたのだ。

それでもなんとなく似ている気はしたけれど、心のなかで苦笑混じりに否定する。

（まさか！　大帝国・煌曄の皇帝が、あんなところにひとりでいるわけないじゃない）

きっとあの男も同じように西域人の血を引いていたのだろう。さほど珍しいことではない。

（あの人は無事に助かったのかしら）

手当てをしていると大勢の人間が誰かを探しながら近づいてきた。味方が来た……みたいなことを男が呟いたので、寧寿は急いで身を隠した。故意ではないにせよ人を射殺してしまい、ひどく動揺していた。

祖父に迷惑をかけてはまずいとも思った。そっと陰から窺っていると、やはり味方だったらしく、安堵の声や医者を呼べなどの怒号が響いた。やがて即席の担架で丁重に男を担ぎ上げると、寧寿に気付くことなく彼らは去った。死んだ男も彼らが運んでいった。

そんなことをぼんやり思い出していると、考え込むような顔つきで皇帝がしげしげと自分を眺めていることに気付いて寧寿はハッとした。

「ご、ご無礼いたしました」

慌てて拱手《きょうしゅ》すると玉藍もまた気を取り直した風情で頷き、茶を一口飲んだ。広袖がふわりと揺れ、高雅な香りがかすかにただよう。

「……襦裙姿も似合っているな」

ぼそりと呟かれ、寧寿は頬を染めた。

「恐れ入ります」

ぎくしゃくとした沈黙を挟んで、また玉藍がぶっきらぼうに言う。

「そなたは見事に馬を乗りこなすそうだな。騎馬の民の姫なのだから当然か」

「はい。あの……、素晴らしい馬が、厩舎にたくさん揃っております、ね……」

「東西の胡人からの貢ぎ物だ。そなたの嫁入りに伴って、鵜も多くの駿馬《しゅんめ》を贈ってよこした」

「そ、そうでしたか」

「気に入った馬はそなたにやる。好きに選ぶがいい」

「ありがとうございます」

拱手して謝意を示すと玉藍はどこか面映そうに頷いた。

「乗馬の他は、何を好む？」

「あ……。弓を、たしなみまする」

ぴくりと玉藍の男らしい眉が動く。

「……弓も得意か」

「はい、あの、下手ではない……と存じます」

いちおう謙遜した寧寿は、皇帝に食い入るように凝視されてたじろいだ。

（な……何……？）

何かまずいことを言ってしまっただろうか。皇帝は弓が嫌いとか？　いや、まさかそんな。弓兵は大事な戦力だ。それとも女だてらに弓を引くなどはしたないと思われたのか。

「………………ひょっとして女だったのか？」

独りごちる皇帝に、寧寿はぽかんとした。

（どういう意味……？）

確かに子どもの頃に男の子と間違えられたことはある。しかし今はそれなりに胸だって成長したし、大体この恰好ならいくらなんでも男には見えないはずだ。

いや、そもそも自分は妃として嫁いできたわけで――。

寧寿が釈然としない顔つきなのに気付き、玉藍は焦りぎみに手を振った。

「いや！　そなたが男のようだと言ったわけではないぞ。断じてない！　そなたは実に美しい女性《にょしょう》である。まるで女神のようだ」

いきなり過剰に褒められて寧寿は顔を赤くした。並んで控えている菊花と呂荷が、そうでしょうとばかりに得意げな顔で頷いている。

皇帝は咳払いをして、窺うように尋ねた。

「そなたは母親似だと言っていたが、やはり母も鶏国の生まれか」

「いえ、煌曄人にございます。玄州、毅山鎮にて節度使《せつどし》を務めておりました郭公輝《カク・コウキ》の娘です」

皇帝は意外そうに目を瞠った。

「なんと……。郭公輝なら、南方の朱渓州《しゅけいしゅう》に知事として赴《おもむ》いているぞ」

「息災でしたか！」

長らく音信不通の祖父が元気でいることがわかって寧寿は嬉しくなった。

「祖父にはとても可愛がってもらいました。母が病みがちで、祖父のいる毅山鎮の屋敷でよく療養していたものですから」

「母御は息災か」

「三年前に亡くなりました。その後すぐに祖父は任期を終え、毅山鎮を去りまして」

慎《つつ》ましく告げると、玉藍はしんみりした顔で頷いた。

「それにしても、そなたが郭の孫娘だったとはな……。奇《く》しき縁《えにし》だ」

祖父は皇帝の覚えもめでたいようで寧寿はホッとした。軍人であると同時に風雅な趣味人でもあった祖父の面影を、懐かしく思い浮かべる。いつかまた会えるだろうか……。

祖父の話題で緊張もほぐれ、寧寿は問われるままにつらつらと思い出話をした。

「母は祖父の屋敷へ下がるときは必ずわたしも連れていってくれました。その時分わたしはすごい假小子《おてんば》で……、男の子の恰好をして馬で野山を駆け回っておりました」

「男の子の恰好……？」

玉藍は何か引っ掛かったように呟いたが、皇帝が祖父を知っていることに少しはしゃいでいた寧寿は気付かなかった。

「はい。父にねだった弓と矢筒を腰に下げて、背には一丁前に剣を背負って」

「剣も使えるのか」

「父と祖父に頼んで教えてもらったのでそこそこ扱えますが、弓のほうが自信があります。しょっちゅう走り回っていて、祖父の使用人のなかにはわたしを男の子だと思い込んでいる者も多かったみたいです」

「……いくつの頃の話だ？」

「十四くらいまででしょうか……。それからは母の病が重くなって、側についていましたし、少し、いやなことも……あったので」

「なんだ？」

寧寿はためらいながら答えた。

「その……。人を助けようとして、別の人を……射てしまって」

沈黙が返ってくる。寧寿は顔を伏せた。やはり黙っていればよかった。女だてらに弓で人を射たなんて、きっと呆れられた。はっきりとは言わなくても、死なせたことは伝わったはず。

「――それは、毅山鎮での出来事か？」

玉藍の声音は少し緊張しているように感じられた。寧寿はふるりとかぶりを振った。

「邑《まち》からはだいぶ遠かったと思います。万能の妙薬となる薬草が生えていると聞いて、母に飲ませようと探し回っているうちに迷ってしまって……。そのうちに争うような物音や叫び声が聞こえてきて、なんだろうと窺ったら若い男の人が年嵩《としかさ》の男に痛めつけられて、殺されそうになっていたんです。剣を振り上げる男を見て、とっさにわたし、弓を……」

寧寿は言葉を切り、きゅっと唇を噛んだ。

今思い出しても震えが来る。射たときは無我夢中だったが、後ですごく怖くなった。人を射たのはむろん初めて。しかも故意ではなかったにせよ殺してしまったのだ。

「……そなた、だったのか……？」

かすれた囁《ささや》き声に顔を上げると、玉藍が身を乗り出してじっと寧寿を見つめていた。その表情は真剣そのもので、咎《とが》める色は微塵《みじん》もない。とまどった寧寿は玉藍の蒼い瞳にハッとした。

（まさか）

傷ついた血まみれの顔を膝に載せ、手巾でそっとぬぐっていると、蒼い瞳がぼんやりと自分を見上げた。あのときは朦朧《もうろう》として焦点が合っていなかったけれど色は同じだ。今こうして食い入るように見つめている、皇帝の瞳と——。

（そんなわけない。皇帝があんな北の辺境にいるはずが……）

否定しかけてふいに思い出す。四年前なら玉藍は皇帝ではない。まだ皇子で、玄州王に封じられていた。玄州王府は穀山鎮と山をひとつ挟んで隣接している。まさに寧寿が母のための薬草を探し回り、蒼い瞳の男を助けたあの山だ。

玉藍の喉仏がひくりと動いた。

「寧寿。もしやそなたが——」

「——皇上、そろそろ政庁にお戻りを」

ひそめた声に戻寥の呼びかけが重なる。皇帝は寧寿に伸ばしかけた手をびくりと止め、夢から醒《さ》めたように瞬《まばた》きをした。

玉藍は瞬時に表情を引き締めて立ち上がった。予想以上に背丈が高いことに寧寿は驚いた。座っていても頑健な体格であることは見て取れたが、立ち上がると威圧感が漂うほどだ。

ゆうに七尺近く（約二〇三㎝）あるのではなかろうか。寧寿も背は高いほうだが、それでも六尺足らず（約一七〇㎝）だから身長差はかなりのものだ。

「——邪魔をした」

「いえ！　あの、いらしていただけて……嬉しかったです」

皇帝の後を慌てて追い、房室《へや》の入り口でうやうやしく袖を掲げて拱手する。

「ぜひまたお越しを」

うっかり無駄話に夢中になり、肝心かなめの鶊国の扱いについて確かめるのを忘れてしまったことが悔やまれる。

「うむ……」

しかつめらしく頷いた玉藍は、気が変わったように振り向いた。

「いや、そなたが来い。今宵《こよい》、朕《よ》の房室《へや》へ参れ。適当な時刻に迎えをよこす」

呆然《ぼうぜん》とする寧寿に頷きかけ、玉藍は袍の裾をひるがえして大股に歩いていった。頭を垂れていた戻寥が、にっこりと寧寿に微笑みかけて皇帝の後に従う。

飛び上がって喜ぶ菊花と呂荷に挟まれながら、寧寿はなおも呆気《あっけ》にとられて皇帝の後ろ姿を見送っていた。

＊　＊　＊

朱塗りの円柱が立ち並ぶ宮殿の廊下を跳ぶように進みながら、玉藍はいつになく胸を高鳴らせていた。

（あのときの少年は、寧寿だったのか……！）

文字どおり命の恩人だ。あのとき彼女が現れなければ今の自分はない。先の皇后が放った刺客によって殺されていた。

(まさか男装した少女だったとは……。どうりで見つからないはずだ)

年若い少年とばかり思い込んでいた玉藍は、それらしき人物を懸命に捜した。改めて礼をしたかったし、希望するのであれば側近として取り立ててもよいと考えたのだ。

しかし、いくら捜してもそのような人物はいなかった。救われたときは死闘による出血と負傷とで意識が朦朧としており、恩人の顔はぼんやりとしか思い出せなかった。

はっきり覚えているのはその人物が花びらのような可憐《かれん》な唇をしていたことだけ。顔立ちは整っていた気がするとしか言いようがない。試しに似顔絵を描かせてみても納得のいくものにはならなかった。

「――寥《リョウ》。そなた、知っていたのか?」

「は? 何をでしょうか」

背後にぴたりとついてきている戻寥が、いぶかしげに尋ねる。足を止めず、笑って玉藍はかぶりを振った。

「いや、よい。ともかくそなたには礼を言わねばならないな」

「李才人のことですか?」

「ああ」

「お気に召しましたか」

「気に入った。とても気に入ったぞ！」

ははは、と玉藍は高揚した笑い声を上げた。

「寥よ、そなたに褒美を取らせる」

「ありがたき幸せに存じます」

後に従いながら金髪碧眼の宦官は袖を掲げて拱手した。

玉藍は上機嫌で政庁へ戻った。大量の仕事を精力的にこなしながらも、寧寿の顔がくりかえし脳裏をよぎる。

秀麗な美少年かと思えば、実際には凛とした美姫《びき》だった。まだ少女っぽさが抜けきらないところがまた初々しい清冽《せいれつ》さを放っている。

命の恩人が女性だったとわかるやいなや、感謝の念は激しい恋心に変わっていた。正体を知ると同時に、玉藍はすっかり寧寿に心を奪われたのだった。

第三章　連理の誓いは蜜に濡れて

その夜。菊花は寧寿を湯浴みさせ、念入りに身体中の手入れをした。

真珠粉を練り込んだ軟膏《クリーム》で肌を整え、爪を磨き、丹念に梳った髪は頭頂部で小さな髷を作って残った髪は胸元に垂らす。

「お召し物はこちらを」

うやうやしく広げられたのは金糸雀《カナリア》色のふわふわした羽毛で作られた深衣《しんい》で、驚くほど軽くて薄いそれを素肌の上に直接着せられるととても暖かかった。

広い裾をぐるりと巻き付け、百花紋が刺繍された帯を胸高に結んで支度が整う。やがて戻寥が数人の宦官を従えて迎えに来た。

拱手して挨拶すると、戻寥は跪いて後ろを向いた。

「どうぞお乗りください」

「は？」

目をぱちくりさせる寧寿に菊花がそっと耳打ちする。

「皇上の寝所までおぶって運んでもらうのですよ。さ、どうぞ」

（ええ〜……）

自力で歩いて行きたかったが、しきたりだと言われれば従うほかない。しぶしぶ背に乗ると、戻寥は力みもせずにさっと立ち上がった。西域人だけあってすらりと背が高く、おぶさると意外なほどしっかりした体軀であることがわかる。

軒に宮灯の下げられた屋根付きの橋や廊下を渡り、皇帝の起居する宮殿に入った。立ち並ぶ金と朱の円柱のあいだを体格のよい宦官兵が松明《たいまつ》を持って警備にあたっている。

衛兵に守られた奥まった房室《へや》の前で、戻寥が寧寿をおぶったまま一礼した。

「李才人をお連れいたしました」

「入れ」

玉藍の声が聞こえ、衛兵が扉を開ける。戻寥は跪いて寧寿を下ろし、そのまま後退《あとずさ》ってうやうやしく叩頭すると速やかに部屋を出ていった。

皇帝の姿が視界に入るやいなや、寧寿は慌てて拱手しつつ頭を下げた。

「こ、今宵はお召しいただき、恐悦至極に存じあげたてまつり……」

緊張しすぎてもつれた舌を噛みそうになる。玉藍は苦笑して寧寿を差し招いた。

「堅苦しい挨拶など不要だ。まぁ、座れ。まずは一献、飲もうではないか」

優美な曲線の脚を備えた細工ものの紫檀の卓子《テーブル》の上には酒器の用意がしてある。言われるままに寧寿はぎくしゃくと腰を下ろした。皇帝は襟の広い汗杉《したぎ》の上に渦巻く雲の紋様を織り出した柳色の深衣をまとい、ゆったりと髪を下ろしてくつろいだ恰好だ。

玉藍は寧寿に美しい夜光盃《やこうはい》を持たせた。手ずからふたつの盃に酒を注ぎ、軽く掲げて口に運ぶ。寧寿もおずおずと盃に唇を寄せた。注がれたのは葡萄《ぶどう》の酒で、あまり強くはないようだ。

「……今まで放っておいて悪かったな」

寧寿の盃にふたたび酒を注ぎながら、玉藍が少し照れたように呟く。寧寿は目を瞠り、ふるふるとかぶりを振った。

「いいえ、そんな」

「白状すると、どのように扱えばいいのかわからなくてな……。何しろ妻を迎えるのは初めてのことで」

照れまじりの率直な物言いに好感を抱く。高い頬骨《ほおぼね》のあたりにうっすらと血の色が透けて見え、こちらまで照れくさい気分になった。

くいと盃を呷《あお》り、軽く嘆息して玉藍は呟いた。

「そなたのことは、一目見たときから気になっていた」

蒼い瞳で見つめられてどぎまぎする。戻寥も言っていたとおり、引見のときは睨まれたわけではなかったらしい。眼光鋭いため、そんなふうに見えただけなのだ。

「似ていると、思ってな」

「似ている……？」

誰にだろう。ちくりと胸が痛む。ひょっとして皇帝には心を寄せる女人がいた……？

無意識に眉を垂れる寧寿に玉藍は微笑んだ。

「そなたの祖父が毅山鎮の節度使であった頃、ちょうど私は父帝から玄州王に封ぜられ、隣接する王府にいた。そなた、時折祖父の元を訪れていたそうだな」

「は、はい」

背に冷や汗をかきながら頷くと、玉藍は悪戯《いたずら》っぽい笑みを浮かべて声をひそめた。

「実はな。その時分、私は死にかけたことがあるのだ」

「えっ」

ぎょっとして盃を取り落としそうになる。皇帝はまじめな顔で頷いた。

「私のいのちを狙った刺客を、とある者が弓矢で仕留めてくれて助かった」

弓――。

寧寿はまじまじと玉藍を見つめた。彼の蒼い瞳を。血にまみれた顔で、膝の上からぐったりと自分を見上げた若い男の瞳が重なる。

昼間交わした奇妙な会話が脳裏によみがえった。

まさか、本当に……？

「皇上……が……？」

呆然とする寧寿の手からそっと盃を取り、玉藍は改めて両手で寧寿の手を握りしめた。

「間違いない。あのとき私を救ってくれたのは、寧寿、そなただ」

大切そうに包んだ手にくちづけられ、寧寿はカーッと赤くなった。

「ほ、ほ、本当に皇上……だったのですか……？」

「そうだ。あれからずっとそなたを捜していた。命の恩人に直接礼をしたくてな。だが、いくら捜しても見つからなかった。当然だな、私はそなたのことを煌曄人の少年だと思い込んでいたのだから」

苦笑され、寧寿はうろたえて目を泳がせた。そう思われるのも無理はない。当時の寧寿はよく男装していたし、特にあのときは兵士みたいな恰好だった。

場所も煌国内で、活動的な筒袖の胡服は煌曄軍でも広く取り入れられている。見間違われても不思議ではない。そのうえ玉藍は痛めつけられて意識が朦朧としていたのだ。

「改めて礼を言う。寧寿よ、そなたは命の恩人だ。妻にできて嬉しいぞ」

「皇上は、ご存じの上でわたくしを……？」

「いや、偶然だ。しかしこれぞまさしく天の配剤というものではないか？　ずっと捜しあぐねていた恩人を見いだし、一生かけて恩返しができるのだからな」

「い、一生だなんて！　そんなおおげさな」

焦る寧寿の手を、気負ったように玉藍がしっかと握る。

「おおげさなものか。そなたに命を救われたからこそ、こうして皇帝になることもできたのだぞ？　そう思えば下にも置かぬ処遇を与えて当然ではないか。さっそくそなたを皇后に冊立することにしよう」

「こっ、皇后⁉　いくらなんでもすっ飛ばしすぎなのでは……⁉」

中の下からいきなり最高位なんてありえません！

いくら固辞しても皇帝はまるで取り合わない。

「そなたの他に妃はいないのだ。何も問題あるまい。それとも皇后になるのはいやなのか？」

「い、いえ、もちろん光栄ですけれども！」

いいのかしら……と眉を垂れると玉藍はくすりと笑った。

「謙虚なところも好ましい。ますますそなたが気に入ったぞ」

「こ、光栄です」

他になんと言えばいいかわからず、口ごもりながら同じ言葉を繰り返す。

微笑んだ皇帝が、そっと寧寿の頤《おとがい》を掬《すく》って上向かせた。宝玉めいた蒼い瞳にドキドキしていると、優しく唇が重なった。初めて異性にくちづけられ、驚きに目を瞠る。

呆然としているうちに、ちゅっと軽く吸われて唇が離れた。瞳を覗き込まれると急に恥ずかしくなり、うつむいてしまう。玉藍は赤らんだ寧寿の頬を愛《いと》おしげに撫でた。

「命の恩人がそなたのような気立てのよい美姫であったとは……。私はなんと恵まれた男であろうか」

幸せそうにしみじみと嘆息され、寧寿は肩をすぼめた。買いかぶられすぎて全身がこそばゆい。それとも、むずむずするのは素肌に羽毛の衣をまとっているせい？

目を細めた玉藍が立ち上がり、逞《たくま》しい腕で軽々と横抱きにされる。そのまま牀榻《ベッド》に連れて行かれ、ふんわりした絹の寝具の上にそっと下ろされた。

小部屋ほどありそうな巨大な牀榻《ベッド》は美しい漆塗りで、凝った格子細工の天蓋から四方に紗が垂らされている。上がり口は履物を脱いだりするための腰掛けになっており、足元には瑞獣をかたどった白磁の香炉が置かれて、艶《なま》めかしくも甘い煙がゆらゆらと立ち上っていた。

玉藍は寧寿の履いていた薄紅色の繻子《しゅす》の室内履きを優しく脱がせて床に置き、寝台に上がって傍らに身体を横たえた。

「寧寿。そなたを一生大切にする」

真摯な声で玉藍は囁いた。

「皇上……」

「玉藍だ」

「でも」

「よい。許す。そなたは特別だ」

「玉藍……さま……」

気恥ずかしげに囁くと皇帝は満足そうに微笑んだ。

「これからの人生を、私とともに歩んでくれるか？」

「もちろんです、玉藍さま」

頷いた寧寿は、ふいに喉元がせぐり上がるような感覚に襲われて顔をゆがめた。涙がこぼれるのを見て、玉藍がうろたえる。

「どうした、寧寿。いやなのか？」

「違います。わたし、ずっと……不安だったんです……」

「不安？　何がだ」

「誤って悪人を助け、善人を殺してしまったのではないかと……。でも、わたしが助けたのは玉藍さまだった。わたしは間違ってはいなかったのですね」

玉藍が力強く頷く。

「もちろんだ。あのとき私を襲ったのは金銭《カネ》で雇われた刺客どもだ。五人のうち四人までは返り討ちにしたが、不意をつかれて深手を負い、最後のひとりはし損じた。寧寿の矢があの男の胸を貫かなければ、私は皇帝になることも、こうしてそなたを腕に抱くことも叶わなかった」

玉藍は寧寿の濡《ぬ》れた目許《めもと》を優しくぬぐった。

「気に病まずともよい。私に力が残っていれば、この手で奴《やつ》を殺していた。そなたは悪いことなどひとつもしていないのだぞ」

真摯な声音にコクリと頷くと、ぎゅっと抱きしめられた。

「なんと心根の優しい姫だ。ますますそなたが愛おしくなった」

ふたたび接吻《せっぷん》され、寧寿はおずおずと男の背に腕を回した。すべすべした絹地の衣を通して、頑健な体つきとしなやかな筋肉の感触が伝わってきて頬を染める。

甘く食《は》むようなくちづけは心地よくて、寧寿は次第に恍惚《こうこつ》とした気分になった。気が済むまで接吻を繰り返すと、玉藍は身を起こしておもむろに衣を脱ぎ始めた。

鍛えられた体躯があらわになる。頬を染めてドキドキしていると、彼は寧寿のまとう羽毛の深衣を無造作に脱がせて腰掛け台に落とした。

着ているものは羽衣一枚だから、それを取り払われただけで裸身があらわになってしまう。反射的に胸を手で覆うと、玉藍が微笑んでそっと手首を掴んだ。

「隠すな」

笑みをふくんだ叱り口調に顔を赤らめる。初めて異性の目に裸身を晒《さら》し、恥ずかしさと緊張とで軽く肌が粟立《あわだ》った。

なだめるようなくちづけを落とされ、大きな掌《てのひら》で優しくふくらみを包み込まれる。弾力を確かめるようにやわやわと揉《も》みしだかれ、恥ずかしくなって唇をきゅっと噛んだ。

「寧寿。そなたはまことに美しい」

感嘆の囁きに、頬が熱くなる。佳人だった母に似た寧寿は、男の子みたいな恰好をやめると整った容貌を褒められることが急に増えた。

初潮が来たこともあって、周囲には単に年頃になったのだと思われたらしいが、実際にはあの事件をきっかけに天真爛漫《てんしんらんまん》にふるまえなくなったのだ。

弓の腕を褒められることには達成感や満足感があったけれど、顔立ちの美しさを褒められても喜びを感じることはなかった。玉藍に讃《たた》えられて初めて、嬉しさが込み上げた。

(言ってくれたのが玉藍さまだから……？)

そう。きっとそうに違いない。誰とも知らずに助けたときから気になっていた、蒼い瞳の持ち主。確かにこの地では珍しいが、それだけで惹《ひ》かれたわけではなかった。

頭を膝に載せ、顔の傷をそっと拭いているあいだじゅう、彼は寧寿を見つめていた。ぼんやりと不思議そうで、夢うつつといった風情ではあったけれど、けっして目を逸《そ》らそうとしなかった。そのとき何故かすごく胸がざわめいたのだ。

そんなことは初めてだった。彼の瞳は傷ついてもなお凛とした矜持《きょうじ》を感じさせた。衣服からして身分ある人に違いなかったが、そうでなくても威のあるまなざしだけで只人《ただびと》ではないと直感した。

「嬉しいです。美しいと、玉藍さまに言っていただけて……」

「私だけのはずがあるまい。誰もがそなたの美しさを褒めたたえるに決まっている」

「いいえ。玉藍さまが美しいと言ってくだされば、それで満足です」

瞳が潤み、照れくささを微笑みでごまかす。玉藍は驚いた顔で、どこかせつなそうに寧寿を見つめた。

「寧寿。そなたは私にとって国一番の、いや、全世界で一番の美姫だ」

「そ、それは言い過ぎですけれども……」

「言いすぎどころか言い足りないくらいだぞ」

甘く囁いて愛おしげに唇を吸い、玉藍は身を起こすと寧寿のすんなりと伸びやかな肢体を感嘆の目で眺めた。

「このうえなく優美な体つきなのに、弱々しい感じがまったくしない。日頃から弓や乗馬で鍛えているのだな」

満足そうな声に安堵する。ふたたび玉藍が乳房に触れ、両手で軽く絞るように揉みしだきながら頂きを摘まれた。椿《つばき》色の蕾《つぼみ》が初々しく勃ち上がる。

「んッ……」

先端をくりくり紙縒《こよ》られ、変な声が出てしまう。赤くなる寧寿を玉藍は悪戯っぽく見つめた。

「悪くなさそうだな」

囁いて玉藍はさらに乳首を指の腹で擦ったり軽く引っ張ったりした。

刺激されてぷっくりと腫れた濃紅の突端は自分の目にもなんだかひどく猥りがましく、唇の裏を噛んで羞恥をこらえる。どうしてこんなことをするのかわからないが、玉藍が楽しそうなので水を差してはいけない気がした。

恥ずかしさを堪えていると、刺激で敏感になった乳首の先が熱く濡れたものでねろりと覆われた。玉藍が乳暈ごと乳首を口にふくんで舐《な》めしゃぶっている。

「や……！　玉藍さま……っ」

慌てて肩を揺するも、こりりと歯を当てられる刺激にびくっと肩がすくむ。乳房をこね回しながらちゅうちゅう先端を吸われると、武骨な皇帝がなんだか可愛く思えてきた。

舌先で乳首周りを刺激しながらねぶられるうち、こそばゆいだけでなくお腹《なか》の奥が疼《うず》くような感覚が生まれる。

尿意に似て、どこか違う。むずむずして、うずうずして、秘めた谷間の奥で小さな肉芽がきゅっと収縮するような感覚――。

「ん……」

甘い吐息を洩らし、無意識に内腿《うちもも》を擦り合わせていると、ようやく乳首を解放した玉藍がゆるやかに波うつ平らな腹部や華奢《きゃしゃ》な腰骨を優しく撫でた。

「可愛い臍《へそ》だな」

囁いて玉藍が臍のくぼみを舌先で一舐めする。

「ひんッ」

くすぐったさに肩をすくめると、皇帝は愉《たの》しげに忍び笑った。

「ここにぴったり嵌《は》まる臍飾りを作らせよう。翡翠か、瑪瑙《めのう》か。珊瑚もいい。……いや、真珠にしよう。そなたの可憐な臍には真珠が一番似合いそうだ」

「お、お戯《たわむ》れを」

「本気だとも。楽しみにしておれ」

くっくと上機嫌に皇帝は喉を鳴らした。冗談なのだろうが、臍に真珠を嵌めるなんて想像しただけで妙に淫靡《いんび》で、はしたなくもぞくぞくしてしまう。

「寧寿。膝を立ててみろ」

言われるままにおずおずと立てた膝頭を、玉藍は優しく撫でた。

「そなたは膝まで可愛いのだな」

「褒めすぎですっ……」

「事実を述べているだけだ」

無造作に言ってちゅっと膝頭に接吻したかと思うと、いきなり腿《もも》を掴んで大きく左右に割り広げられた。

「ひぁ⁉」

限界まで脚を開かされ、あらわになった秘処が空気に触れてひやりとする。狼狽して抗《あらが》う寧寿を苦もなくあしらいながら玉藍が笑み混じりにたしなめた。

「こら、暴れるな。そなたは私の妻なのだぞ?」

「そ、そうですけど……っ」

こんなふうに陰部を露出させられることにはやはり抵抗がある。頭ではわかっていたつもりでも、実際のところ睦《むつ》み合うのは初めてなのだ。

こわばる腿をなだめるようにさすり、玉藍は慎ましい茂みの奥へと指を滑り込ませた。うぶな花芽の根元をくすぐるように撫でられ、下腹部がぞくりとわななく。指先で擦られるうちに内奥から熱いものが湧き上がってくる感覚に寧寿は赤くなった。

いつのまにか花芯はしっとりと濡れ、指の滑りがよくなっている。くにゅくにゅと秘玉を弄《いじ》られるたびに熱い蜜があふれて谷間を満たしてゆく。

「ぁ……ぁ……、んぅ……っふ……」

揃えた指先で唇を押さえながら寧寿はぎこちなく腰を揺らした。今や媚壁は熱く濡れそぼり、掻《か》き回されるたび、にちゅにちゅと淫靡な水音を立てている。

じっとしていられなくて、ひっきりなしに膝を立てたり伸ばしたり身悶《みもだ》えしているうちに、尿意に似た焦燥感はますます高まった。

やがて下腹部が捩《よじ》れるような感覚が押し寄せ、寧寿は無意識に顎を反らした。びくびくと腿が引き攣り、背がしなる。肉芽の根元から全身へと、うっとりするような高揚感が広がっていった。

はぁっと熱い吐息を洩らした唇に、玉藍がくちづける。

「達したのは初めてか？」

この感覚のことならば、もちろん初めてだ。頷くと玉藍は嬉しそうに寧寿の唇を吸った。

「そなたは私だけのものだ」

「はい、玉藍さま」

素直な言葉に、ますます玉藍は頬をゆるめる。彼は寧寿の唇をふさぎ、舌を吸ったり擦り合わせたりしながらさらに秘処を愛撫《あいぶ》した。

頑健な背を撫でつつうっとり身を任せていると、やがて指がつぷりと花筒のなかに沈んだ。

「んっ……」

異物感に思わず肩をすぼめる。気づかわしげに玉藍が尋ねた。

「すまん、痛かったか？」

「い、いいえ。大丈夫です」

慌ててかぶりを振る。玉藍は寧寿の目許に詫びるような接吻をした。

「繋がる前に念入りにほぐしておいたほうがよいと思ってな」

「玉藍さまの……お好きなように……」

あれこれ注文を付けるような知識も経験もない。恭順の証として嫁いできた身の上だ、わずかでも気遣ってもらえればありがたいと思わねば。

覚悟を決めて嫁いできた。それを玉藍は命の恩人と感謝し、美しいと褒めたたえ、こんなにも優しくしてくれる。

「……わたし、玉藍さまのお妃になれてよかったです」

「寧寿」

驚いたように目を瞠り、玉藍はそっと寧寿の頬を撫でた。

「私もだ。妃に迎えたのがそなたでよかった」

抱き合って長い接吻を交わす。玉藍は寧寿がとろとろになるまで愉悦を与え続け、その身に快楽を教え込んだ。

恍惚とした寧寿の腰を膝に引き上げると、玉藍は痛いほどにいきり勃つ剛直を濡れそぼつ蜜口に押し当てた。ひときわ太い先端が、柔襞にぬぷりと沈む。寧寿が正気づくより先に、彼はぐっと腰を押し進めた。

「いっ……！」

破瓜《はか》の衝撃と同時に、ごりっと雄茎が奥処《おく》を突き上げる。じんじんする痛みに唇を噛んで震えていると、そっと頬を撫でられた。

「すまなかったな。痛いのはこれで終わりだ」

「終わり……ですか」

ホッとして安堵の溜息を洩らすと玉藍は苦笑した。

「痛いことが終わったというだけだ。これからは気持ちよくなる」

「さっきも……とっても気持ちよかった……ですけど……」

「もっと悦《よ》くしてやる。そなたを私に夢中にさせねば気が済まぬからな」

誘惑の声音で囁いて、玉藍は寧寿の耳朶《じだ》をこりっと甘噛みした。耳裏から首筋をねっとりと舐め上げられ、ぞくぞくと背筋を愉悦が駆け抜ける。

「あ……んん……」

心地よさのあまり、きゅうっと太棹《ふとざお》を締めつけてしまい、玉藍が熱い吐息を洩らした。

「ふ……。そう締めるな」

「も、申し訳ございません……」

「どうだ？　私のものは」

「あ……、熱い……です……。すごく……硬くて……きつ……ぃ……っ」

漸《よう》う答えると、玉藍は満足そうに微笑んでゆっくりと腰を前後させた。

「痛いか？」

「い、いえ……」

繊細な襞はまだ疼痛《とうつう》で痺《しび》れたようだったが、破瓜された痛みはだいぶやわらいでいる。みっしりした肉杭で濡れた隘路《あいろ》を穿《うが》たれる感覚が心地よく思えてきて、寧寿は甘い吐息を洩らしながら抽挿に合わせて腰を揺らした。

「あ、ぁン……、んんッ……、ふぁ、あ……！」

様子を窺うように慎重だった動きが、次第に大胆になる。張り詰めた剛直が行き来するたびに、ぬちゅぬちゅと淫靡な蜜音が大きくなってゆく。

激しく突き上げたかと思うと、突き当たった場所を固い先端でぐぐっと押し上げる。

「……子宮口が下がってきているな。心地よいか」

「は、はい……。気持ちい……です……っ」

快楽に翻弄されながら、無我夢中で寧寿は頷いた。

「私も悦い……。そなたの熱い襞が、絡みついて……ぴったりと包み込んでいる」

上擦った声で玉藍が囁く。彼は息を荒らげながら蜜壺を激しく突き上げた。お腹を突き破られそうな恐れは、すぐに愉悦に呑み込まれてしまう。

「寧寿……、そなたは私のものだ……」

熱っぽく口走った玉藍がひときわ強く腰を打ちつけた。怒張がさらにふくれ上がり、解き放たれた熱い奔流がわななく濡れ襞をいっぱいに満たした。

精を注ぎ終えた玉藍が、はぁっと熱い吐息をつく。恍惚に瞳をとろんとさせている寧寿に覆《おお》い被《かぶ》さり、彼は愛おしそうに何度も唇を吸った。

「素晴らしかった、寧寿」

ぎゅっと抱きしめられ、逞しい男の背をうっとりと撫でる。満足しきった彼が抜け出ていき、散らされた花襞が名残惜しげにわななないた。

疲労感と満足感とでうとうとまどろんでいると、扉の外から遠慮がちに「お時間です」という声が聞こえてきた。

「じかん……？」

「まだよい」

朦朧と呟いた寧寿を玉藍が抱きしめ、瞼に接吻する。厚い胸板にもたれて寧寿は頷いた。すっかり髷が解けて乱れた黒髪を、玉藍が優しく撫でた。

しばらくするとふたたび扉の外から「お時間でございます」と声が響いた。今度は少し頭がはっきりして、それが戻爹の声らしいと寧寿は気付いた。

「玉藍さま。時間……と言っていますが」

「二回目までは大丈夫だ」

「今のが二回目だったのでは……？」

「ああ……。自分には関係ないと思っていたが、こうなってみると窮屈なものだな」

きょとんと玉藍を見上げると、彼は溜息混じりに苦笑した。

「朝までそなたと抱き合っていたいのだが、それが許されるのは皇后だけなのだ」

「そうなのですか」

「できるだけ早く、そなたを皇后にするからな」

機嫌を取るように頬にくちづけられ、寧寿は曖昧に微笑んだ。自分だって朝まで玉藍と寄り添っていたいけれど、それだけの理由で皇后になんてできるものかしら……？

ともかく次に呼ばれたら退出しなければならないようだ。身支度しておいたほうがいいかと身体を起こすと、引き止めるように抱きすくめられた。

「帰したくない」

「玉藍さま……」

眉を垂れ、そっと肩に手を置く。優しく背中を撫でられ、接吻を交わしていると、三度目の呼び声が扉のすぐ外で響いた。

「お時間でございます」

今度も玉藍は無視したが、これまでと違って返事を待つことなく扉が開いた。入ってきた戻爹が拱手しながら深々と頭を垂れる。

「李才人をお部屋にお戻しいたします」

玉藍は溜息をつき、牀榻《ベッド》脇の腰掛け台から羽毛の衣を拾い上げて寧寿の肩にかけた。

「立てるか？」

「は、はい」

介添えしようとする戻爹を押しとどめ、玉藍は自ら寧寿に沓を履かせ、衣を着せて帯まで締めてくれた。戻爹は跪いたまま頭を下げて支度が整うのを待っている。

玉藍は寧寿の顔を両手で挟んで長々と唇を重ね、耳元で囁いた。

「明晩も来い」

顔を赤らめ、こくりと寧寿は頷いた。戻寥が跪いたままくるりと向きを変えて背を差し出す。やむなく乗ったものの、来たときよりもさらに気まずかった。

朝まで一緒にいられないのも残念だけれど、それ以上にこうしておんぶで送り迎えされるのは勘弁してほしい……。

ちらと玉藍を見ると、彼は素肌にゆるく深衣を巻き付けただけの恰好で、残念そうに微笑んだ。立ち上がった戻寥はうやうやしく頭を下げながら後ろ向きに部屋の外へ下がった。

扉が静かに閉ざされる。玉藍の姿が見えなくなると寧寿はひそかに溜息をついた。

静まり返った夜の宮殿を、宮灯《きゅうとう》の列に照らされながら寧寿は速やかに運ばれていった。


自室に戻ると、菊花と呂荷が拱手しながら深々と一礼した。

「おめでとうございます、寧寿さま！」

「あ、ありがとう……」

気恥ずかしさをこらえて頷く。

「湯浴みの支度が整っております。さ、どうぞ」

朱塗りの宮灯の燈《とも》された湯殿で、蓮の花びらを浮かべた適温のお湯に浸かって寧寿はほぅと溜息をついた。

「お湯加減はいかがでございますか」

「ちょうどいいわ。それにしても、戻る時間がよくわかったわね」

「刻限が決められておりますので。皇上はギリギリまでお引き止めになると思い、見計らって湯を沸かしておきました」

にこにこと菊花が答える。恥ずかしくなって寧寿は顎まで湯に沈んだ。

「……後宮にはいろいろと変わったしきたりがあるのね。おんぶされて運ばれたり、時間が決められていたり……」

「皇后になられれば、朝まで皇上とゆっくりお過ごしになれますわ」

玉藍と同じことを言って、菊花はひそりと尋ねた。

「ところで寧寿さま。皇上とは首尾よく……？」

「え？　ええ……」

「ご機嫌はよろしゅうございました？」

「そう……思うけど……」

「失礼いたしました。当然でございますね！　最大限ねばられたくらいですもの」

菊花は満面の笑みで頷き、赤くなる寧寿の肩に優しくお湯をかけた。

風呂から上がり、冷ました桂花茶《キンモクセイ》を一杯飲んで早々に牀榻《ベッド》に入った。初めてのことでさすがに疲れ切っていたようで、すべすべした絹の夜具にくるまって目を閉じるとまもなく寧寿は深い眠りに引き込まれた。


翌朝は寝過ごしてしまい、目が覚めたときにはすでに高く日が昇っていた。慌てる寧寿を菊花がにこにことなだめる。

「どうぞ今日はごゆっくりお休みくださいませ。今宵もまたお召しがありますし、身体を休めておいたほうがよろしゅうございます。乗馬も控えたほうがよろしいかと」

確かに今日は馬に跨がるのはつらい。

枸杞子《くこのみ》入りの粥《かゆ》を朝食にいただき、綿を詰めた緞子《どんす》を敷いた榻《ながいす》で脚を伸ばした。

貫かれた局部には疼痛が残り、未《いま》だに太いものを銜《くわ》え込まされているような痺れと違和感がある。たいした出血ではなかったようだが、それでも破瓜にはかなりの苦痛が伴った。

(痛いのは最初だけ……というのは本当かしら?)

囁いた玉藍の顔を思い出し、寧寿はうっすら頬を染めた。

(あの方の妻になれたんだわ)

まさか煌曄皇帝が、かつて命を救った人物だったとは……。

(本当に不思議な縁《えにし》よね)

恩に報いようと玉藍が自分を捜してくれていたと聞き、すごく嬉しかった。寧寿を妃に迎えたことを喜び、優しく抱いてくれた。人質代わりに娶っただけの妻のはずが、一転して皇后に据えるとまで言い出したことには驚いたけれど……。

（それだけわたしを大切に想《おも》ってくださっているのだわ）

しみじみ感慨にひたっていると、房室《へや》の扉が開いて侍女が菊花を呼んだ。一揖《いちゆう》して出ていった菊花が外で何事か話す声が聞こえてくる。誰か訪ねてきたらしい。

やがて菊花は侍女を従えて戻ってきた。

「寧寿さま。皇上から贈り物が届きました」

侍女たちは数種の水菓子《くだもの》を載せた盆や美しい匣《こばこ》を手に手に掲げている。寧寿が榻《ながいす》に座り直すと、菊花は手際よく文物を卓子《テーブル》に並べた。

足つきの皿には小さな蜜柑《みかん》や桑子《くわのみ》の他、寧寿が見たことのない茶色の固い皮に覆われたものもある。

葡萄酒《ワイン》を詰めた、大秦《ローマ》由来と思われる璧流離《ガラス》の細口瓶。

銀の台脚のついた目の覚めるような美しい青色の瑠璃盃。

螺鈿《らでん》の匣《こばこ》には筆と硯《すずり》、墨といった書道具一式と色違いの数種類の料紙。

他にも刺繡道具やら、象牙細工を施した黒檀の碁盤やら、何種類もの色や柄の絢爛《けんらん》たる絹地やらがどーんと積み上げられ、寧寿は絶句した。

「……これ、全部？」

「はい！　皇上からの贈り物でございます」

菊花の声も昂奮ぎみだ。呂荷は口を半開きにして豪勢かつ雑多な贈り物をぽかんと眺めている。基準はいまいち不明だが、ともかく高価なものばかりなのは間違いない。

気を取り直して戸口に控えている恰幅《かっぷく》のよい宦官に頷きかける。

「ご苦労さま。ありがたく頂戴いたしますと皇上に伝えてください」

「かしこまりました」

宦官は丁寧に一礼し、部下や宮女たちを従えて悠々と引き上げていった。

「凄《すご》いわね……」

贈り物の山に唖《あ》然《ぜん》としていると、菊花がはしゃいで小躍りした。

「皇上が寧寿さまを大層お気に召したという証ですわ！」

「そ、そう……ね……」

「後でゆっくり拝見することにして、とりあえずこれは片づけましょう」

菊花は侍女を指揮して適当な場所に品々を収めると、新鮮なうちに水菓子《くだもの》を召し上がってはいかがと勧めた。

見慣れぬ茶色の物体は鱗状《うろこじょう》の固い皮を割ると、乳白色のみずみずしい果肉が甘い香りを放った。ぷりぷりした不思議な食感で、甘くてとても美味しい。茘枝《ライチ》という南方で採れる珍しい果実だそうだ。

水菓子《くだもの》をつまんだ後は贈られた碁盤で呂荷と碁を戦わせるなどして一日ゆっくりと過ごした。

夜になると昨夜と同様、羽毛の衣をまとい、迎えに来た戻豸の背に担がれて皇帝の寝室へ運ばれた。玉藍は上機嫌に寧寿を迎え、牀榻《ベッド》に座って優しく肩を抱き寄せた。

「調子はどうだ？　熱など出さなかったか」

「は、はい。大丈夫です。……あの。贈り物をたくさん、ありがとうございました」

礼を述べると玉藍は照れたような顔になった。

「何を贈っていいのかわからなくてな……。思いついたものを手当たり次第に運ばせた。気に入らなければすぐに取り替えさせる」

「いえ！　どれも素敵です」

焦って寧寿は首を振った。

「さっそく碁盤を使わせていただきました」

「ああ。あれは父に献上されたものを私がいただいたのだ」

「そのような大事なものを！」

恐縮する寧寿に玉藍は笑ってかぶりを振った。

「大事なものだからこそ大事なそなたに贈りたいと思ってな。しまい込まずに使ってくれよ」

じん……と感動して寧寿は瞳を潤ませた。

「大切に使わせていただきます。――あと、硯箱《すずりばこ》も嬉しかったです。手習いを始めようと思っていて……。煌曄の言葉は、話したり読んだりするのは不自由ないのですが、書くのは少々苦手なものですから」

「ならば名のある書家を指導につけよう。そのほうが上達が早かろう」

「ありがとうございます！」

「薬は使ってみたか。効き目はどうだ？」

思わず顔を赤らめる。玉藍の贈り物には白磁の盒子《ふたもの》に入った練り薬もふくまれていたのだ。炎症を抑える効果があるとかで、媾合で傷ついた粘膜に塗れ……ということらしい。

塗ってさしあげますという菊花の真顔の申し出を力いっぱい固辞しておそるおそる自分で塗ってみた。確かに痛みは軽減したようだ。

「後になって気付いたのだ。すまないな」

「大丈夫です。いただいたお薬が効きましたから……」

玉藍はフッと微笑み、赤らんだ寧寿の頬を愛おしそうに撫でた。

「今日の朝議で、さっそくそなたの皇后冊立を諮《はか》った」

本当に本気だったのね……と冷や汗を浮かべると、玉藍が渋面になる。

「何か……？」

「いや、無礼なことを言い出した奴がいてな。そなたは生娘ではなかったのでは……などとしたり顔で言いおって」

「⁉　わ、わたしは……っ」

焦る寧寿を玉藍は苦笑してなだめた。

「わかっている。そなたが生娘であったことは間違いない」

「どうして……そんなこと……」

優しく肩を撫でられながらも悔しさに唇を噛む。

「破瓜の出血が少なめだったと、召使から聞き出したらしくてな――」

＊　＊　＊

廷臣の発言にムッとして、玉藍はぴしゃりと言い返した。

『そういうものには個人差がある。一概に決めつけることはできまい』

『生娘なら派手に血を流すものでございますよ。私の妻など、あまりの出血量に失神しまして、やむなく医者を呼んだくらいでございます』

得意げにひげをしごく高官に呆れ、玉藍は呟いた。

『気の毒な細君だ』

『かくて我が妻は正真正銘の生娘であることを証明したのでございます』

玉藍は胡乱《うろん》な目つきを向けた。

『そちの扱いが手荒すぎたとしか思えんが。それとも朕《よ》には生娘と手練の見分けがつくまいと申しておるのか？』

『とんでもございません！　ただ、あえて申し上げますれば、皇上は謹厳実直であらせられ……政務にご熱心なあまり女人を近づけることが少のうございましたゆえ』

思わせぶりに男は言葉を切った。要するに、女の扱いにかけては自分のほうが上だと遠回しに主張してるわけだ。その高官は三人の妻に加えて四人の妾を囲っており、艶福家として鳴らしていた。

調子に乗った高官はさらに、手垢《てあか》のついた女を宗主国の皇帝に贈ってよこすなど不届き千万、そのような蕃族は徹底的に叩《たた》きのめすべきだ、うんぬんとまくしたてた。

臣下の奏上にはひとまず耳を傾けることにしている玉藍だが、さすがにうんざりして怒鳴りつけそうになったところ、黙って傍らに控えていた戻爹が一歩進み出て拱手した。

『皇上《わがきみ》。僭越ながら一言申し上げてもよろしいでしょうか』

『許す』

頷くと戻爹は高官に向かって一揖《いちゆう》した。

『わたくしの聞き及ぶところによりますと、鶺国《リヨウ》などの北方騎馬民族は男女問わず幼い頃より始終馬に跨がっているそうでございます。そうしますと馬体の揺れや鞍《くら》との摩擦による刺激で生娘の証とされる薄膜が破れることも珍しくないのだとか……。よって、出血の多寡で純潔かどうかを判断することは大変難しいのだそうです』

玉藍は我が意を得たりと膝を打った。

『戻太監の申すとおりだ！　李才人はそれは見事に馬を乗りこなすと御馬太監が褒めちぎっていたぞ。さぞかし鍛えられていることであろうよ』

皮肉な口調に、ひげの高官が顔を赤くして押し黙る。玉藍は笑みを収め、峻厳な顔つきで宣言した。

『これ以上、李才人への誹謗《ひぼう》中傷は許さん。なおも彼女を貶《おとし》める発言をしようとする者は、相応の覚悟をした上で口を開くがよい』

じろりと一同を見渡すと、ひげの高官をふくめ全員が頭を垂れた。不満はあるにせよ、皇帝の怒りを買ってまで申し立てる気はなさそうだ。

玉藍は厳《いか》めしく続けた。

『我が妃として恥じることなど彼女にはひとつもない。加えて玄州王時代の朕《よ》の命を救った人物でもある。ということは、朕《よ》の即位の立役者のひとり、いや、筆頭といってよいくらいだ。李才人がいなければこうして玉座に就くことはそもそもかなわなかったのだぞ？　最高の位をもって報いるのが当然であろう』

別の高官が遠慮がちに切り出した。若手だが優秀で、よく気のつく人物だ。

『皇上が李才人をお気に召したことは大変喜ばしく存じます。他のお妃はおられませんし、位を上げること自体は問題ないかと。鶺国は北方防御において重要な位置を占める国でもあり、嫁がせた姫が高位を賜れば自負心も満たされ、さらなる忠義を尽くすものと期待できます』

『いかにも』

機嫌よく玉藍は頷いた。

『ただ……。やはり皇后という位は特別でございます。これまでも異国出身の妃嬪は内廷に数多くおりましたが、皇后の位を賜ったお妃はひとりもありません』

『前例がなければ作ればよい』

こともなげに玉藍が言うと、廷臣たちは一斉にざわめいた。別の者が決死の覚悟といった面持ちで口火を切る。

『恐れながら、鶺国は確かに戦略上重要な地点にあれど、数ある周辺国のひとつにございます。しかも我が国の内乱に乗じて謀叛を起こした国ですぞ』

『充分に罰は受けた。謀叛に関わった者どもは討ち取られ、戦力は大幅に低下している。自慢の軍馬も、訓練の行き届いた駿馬のほとんどをこちらで取り上げたではないか』

『し、しかし、自国の姫が皇后になれば、また調子づいて……』

『鶺国では部族間の力関係が大きく変わり、勢力争いが激化しているとの報告を受けている。新たな王は十四になったばかりの小童《こわっぱ》。しばらくは国内の混乱を収めるだけで手一杯だろう。

刃向かうよりも、我が国を後ろ楯《うしだて》として己の権威を確立するほうを選ぶはずだ。よほど頭の軽い人間でなければ、な』

廷臣たちは困惑ぎみに頷きつつ、互いの顔を見合せる。

『……だとしても、何も皇后位まで与える必要はないのでは？』

『そうですとも。皇后は何よりもまず家柄が重要でございます。皇族ゆかりの名家か、由緒正しい国内旧家の娘を娶るのがよろしゅうございます』

その発言に賛同の声があちこちから上がる。たちまち論点がずれ、皇后にふさわしい娘はどの家にいるのかなどと、喧々囂々《けんけんごうごう》の議論が始まった。

頭に来た玉藍は玉座の肘掛けを叩いて怒鳴った。

『朕《よ》が諮《はか》っているのは李才人の処遇についてだ！』

しん、と議場が静まり返る。玉藍はひとつ咳払いをして、有無を言わせぬ口調で告げた。

『そのほうらの危惧は理解した。この議題は後日改めて諮ることとする。それはそれとして、ひとまず李才人に朕《よ》の命を救った恩賞を与えることに異論はあるまい？』

ためらいながらも廷臣たち全員が頷くのを見て、玉藍は尊大に微笑んだ。

『では、決まりだ。朕《よ》は李才人に――』

＊　＊　＊

「――貴妃の位を与えることとする」

　得意げな玉藍の宣言に、肩を抱かれながら寧寿はぽかんとした。

「き、ひ……ですか……?」

「皇后に次ぐ正一品、四妃の筆頭である貴妃だ。そなたはこれから李貴妃と呼ばれる」

「え……。ええーっ?」

「すまぬ。なるべく早く皇后にするから、しばし我慢してくれ」

「そうじゃなくて!　上げすぎですっ」

　皇后なんて無理に決まってるわ、と最初からまったく期待していなかった。気持ちだけで嬉しかったから、ひとつ上の位である美人にでもしてもらえれば充分だと思っていたのだ。それがいきなり妃の筆頭だなんて!

「寧寿は奥ゆかしいのだな。そういうところも可愛くてたまらん」

　抱き寄せられ、顔じゅうに接吻《キス》されながら赤くなって寧寿はもがいた。

「あ、あの、せめて四妃の一番下の……賢妃、でしたっけ?　それくらいでどうでしょう」

「賢いそなたには似合いの字面だが、賢妃程度ではそなたには役不足だ」

「だから買いかぶりすぎですってば!」

　必死で主張する寧寿を玉藍は絹の敷布に押し倒した。顎を摘まみ、甘くねだるように囁く。

「ならば努めておくれ。私のために。……いやか？」

目を瞠った寧寿は、強くかぶりを振ってぎゅっと玉藍に抱きついた。

「いやなわけありません！　玉藍さまのためならどんなことでもがんばれます」

玉藍は嬉しそうに笑って寧寿の背を撫でた。

「そなたはそのままでいてくれればいい。無我夢中で私を救い、たとえ加害者であっても手にかけてしまったことを悔やむそなたは、強さと優しさ、誠実さを兼ね備えている。実に得難い、かけがえのない存在なのだ」

「玉藍さま……」

「寧寿よ、私がそなたを想うように、そなたにも私のことを想ってほしい。私も、そなたに想われるに足る人間であり続けるよう努める」

寧寿は真摯な玉藍の顔にそっと手を添えた。

「……わたし、玉藍さまを……愛しています」

「寧寿」

感極まって囁いた玉藍が、急いたように唇をふさぐ。寧寿も夢中になってそれに応えた。

互いの唇を吸い、舌を絡めあう。唇を重ねながら衣を脱ぎ捨て、熱い素肌を重ね合わせた。

腿に触れた雄茎はすでに固く猛《たけ》っている。

「そなたのなかに早く入りたい」

熱っぽく囁き、玉藍は花襞のあわいに屹立《きつりつ》を滑り込ませた。秘玉を押し上げるように何度か前後させると、とろりと蜜がこぼれ、張り詰めた剛直にぬめぬめとまとわりつく。

滑りのよくなった肉棒を、玉藍はそっと淫唇に差し入れた。ぬぷりと雁首が沈み、そのままずずっと奥まで太棹が隘路を満たす。

心地よさにぞくぞくして、寧寿は甘い吐息を洩らしながら背をしならせた。

「ふぁ、ぁ……っ」

腰を前後させ、ぐちゅりぐちゅりと蜜洞を穿ちながら玉藍が尋ねる。

「痛くはないか」

「は、い……」

快感で瞳を潤ませながら頷くと玉藍は満足げな溜息をついた。

「たまらない心地よさだ。そなたの肉鞘が、誂《あつら》えたようにぴったりと私のものを包んでいる……。融《と》けてしまいそうだぞ」

抽挿されるたび、ぬぷぬぷと淫猥《いんわい》な蜜音が高くなる。

「あ……あ……、だめ……っ、そんな、しては……！」

「もう達しそうか。いいぞ。何度でも好きなだけ気をやるといい」

「ふ、ぁ、あ……、ぁん……、んぅ……」

濡れた花筒をこすられるたび、目の前でちかちかと火花が弾ける。こらえきれず寧寿は絶頂に達した。媚壁が痙攣し、がくがくと腰が揺れる。

最奥をぐっと突き上げ、玉藍は溜息を洩らした。

「よく締まる……。身体の相性も最高だ。そうは思わんか？　寧寿」

「はぃ……。気持ちぃ……です……」

余韻に喘《あえ》ぎながら恍惚と寧寿は呟いた。張り詰めた怒張で隘路をいっぱいにふさがれる感覚にぞくぞくする。みっしりした肉棒の感触だけで他愛《たあい》もなく達してしまいそうだ。

深く挿入したまま玉藍がのしかかり、唇を合わせた。ぴちゃぴちゃと舌を鳴らしながら吸いねぶり、両方の手指を絡めて敷布に押し付ける。ぐいぐい腰を入れられると臀部《でんぶ》が浮き、爪先が空中で頼りなく揺れた。

「ぁ……、ぁ……、玉藍……さま……、玉藍さまぁ……っ」

「寧寿。そなたをもっと悦《よ》がらせたい。夢中にさせたい……」

「すき……、好きです……玉藍さま……」

想いのたけを込めて寧寿は玉藍に接吻した。ふくみきれない唾液が口の端からこぼれ、頤《おとがい》を伝う。玉藍は美しい蒼い瞳に欲望をたぎらせ、さらに嵩《かさ》を増した男根を激しく突き上げた。

「く……」

歯噛《はが》みするように呻《うめ》くと、熱い迸《ほとばし》りがどくどくと蜜壺に注がれる。

息を荒らげて玉藍は寧寿を抱きしめた。

「ふ……。そなたが可愛すぎるゆえ、早くも放ってしまったではないか」

甘い責め口調に、未だ痙攣し続けている媚肉がいっそう淫靡に疼く。玉藍は雄茎を挿入したまま寧寿の口唇をなぶり、乳房を捏《こ》ね回《まわ》した。

「可愛い寧寿……」

囁きながら耳殻をねっとりと舐められる。

「ぁ、んん……」

くすぐったさと快感とで身をよじり、寧寿はすすり泣くように喘いだ。そうするうちに、一度は萎えた淫楔が雄々しさを取り戻し始める。

「……私は諦めたわけではない。必ずやそなたに最高の位を与えてやる。そなたにはそれだけの功績があるのだからな」

「あ……、わた、し、は……。ただ、愛して、いただけれ、ば……っ」

「報いてやらねば私の気が済まんのだ。第一位の妃として、すべての臣下に認めさせたい。だからなぁ、寧寿」

「……っ」

胎内で、熱棒がむくむくと勃ち上がる。野獣めいた笑みを浮かべて玉藍は囁いた。

「早く子を生《な》そうではないか。皇太子の母ともなれば、皇后位を贈るのもずっとたやすい。そなたなら、きっと我が跡取りにふさわしい、優れた男子を産んでくれるはずだ」

「え？　あ、あの」

「可愛い娘も欲しいな。そなたに似た、賢くて愛らしい親王や公主たちが駆け回れば、内廷も明るく賑やかになるだろう。ああ、楽しみだ」

「ぎょ、玉藍さま」

　先走りすぎですっ、と訴えようにも、以前に増して固く締まった太棹でずくずくと突き上げられ、悲鳴のような嬌声にかき消されてしまう。

「ひっ、あっ、あぁっ」

「達け、寧寿。深く達するほどに受胎する可能性が高まるというぞ？　房中術にも、女は何度達してもよいとあるしな」

「そ、そん、な……っ」

「さぁ、無粋な声が掛かる前にできるだけたくさん達するのだ。時間制限があるのだから、互いにがんばらないといけないぞ」

「や……、玉藍さま……っ」

　これ以上は無理です、と必死で訴えたが聞き入れられるわけもなく……。何度も絶頂に追いやられて下がってきた子宮口に玉藍の熱情がたっぷりと浴びせられたのだった。

度を越した快楽に放心していた寧寿は、かすかに『お時間でございます』という声が聞こえた気がして薄目を開けた。

一度目なのか二度目なのかわからなかったが、傍らで玉藍が身を起こす気配がした。ちりちりと澄んだ鈴の音がする。次いで何か命じている声が聞こえた。うとうとしていると、そっと身体を抱き上げられた。

「湯を用意させた。洗ったら薬を塗ってやる」

朦朧としているうちに下半身を温かなお湯につけられ、ようやく頭がはっきりした。

気がつくと大きな盥《たらい》の中に座らされ、優しく身体を清められていた。ひととおり汗を落とすと、玉藍の指が揺れる茂みのなかにもぐり込んできて、寧寿は焦って身じろいだ。

「そ、そこは自分で……」

「いいから好きにさせろ」

甘やかす声音に赤くなりながら、仕方なく身を任せる。湯の中で淫唇に付着した残滓《ざんし》を拭い落とすと、玉藍は煽るようにくりくりと媚蕾をいじり始めた。

「や……！　玉藍さま、もう……っ」

「最後の仕上げだ。胎内《なか》に放った精をなるべくこぼさぬようにしておかねば。達する動きでもっと奥へ子種を取り込め」

囁いてぷくりと腫れた花芯を刺激する。絶頂の余韻さめやらぬ寧寿は、指で転がされるうちにあっさり達してしまった。

「いい子だ」

不規則に喘ぎながらくたりと胸板に背中を預ける寧寿を抱きしめ、玉藍は愛おしそうに頬にくちづけた。

牀榻《ベッド》に戻るとやわらかな布でていねいに身体を拭き、脚を広げさせて陰部に膏薬《こうやく》を薄く塗り広げた。白磁の盒子《ふたもの》に入ったそれは、寧寿がもらったものと同じらしい。

「すまなかった。そなたの具合があまりにも悦《よ》いものだから、つい夢中になって加減を忘れた。まだ二度目だというのに、悪かったな」

「い、いいえ」

「……やはり少し腫れてるな。痛むか？」

「大丈夫です」

顔を赤らめながらふるふると寧寿はかぶりを振った。性急に挿入されたときは少し痛んだけれど、すぐに快楽にまぎれてしまった。

玉藍は寧寿に羽毛の衣を着せ、愛おしそうに抱きしめた。

「そなたを大切にしたい。悦い気持ちにさせて、満足させてやりたいのだ」

「ま、満足しています……」

どぎまぎしながら寧寿は囁いた。蒼い瞳が優しく細められる。

抱き合って互いの唇をついばみあっていると、『お時間でございます』と声がして双扉が開かれ、戻豢を筆頭に敬事房付きの宦官が現れた。

玉藍は頷き、前夜と同じように寧寿に繻子の室内履きを手ずから履かせた。

戻豢の背に乗って御寝の間を出る。

二晩続けての情熱的な房事に疲れ切った寧寿は、宮灯に照らされた廊下を運ばれるうちに、戻豢の背中ですっかり寝入ってしまった。

第四章　愛妃純情

翌朝目覚めると室内の様子がなんだか違って見えた。

模様替えしたの？　と菊花に尋ねると『引っ越しました』と事もなげに言われて驚愕《きょうがく》する。

「いつのまに？」

「よくお休みでしたので、お起こししないようそうっと宦官たちに運ばせました。本日からはこちらが寧寿さま――李貴妃さまのお住まいになる宮殿でございます」

菊花も呂荷も満面の笑みを浮かべている。牀榻《ベッド》から出ると、確かに窓《まど》からの眺めが全然違った。美しい花園と太鼓橋のかかる水路は、まるでそれ自体で一幅の絵画のようだ。

「……綺麗《きれい》。でも、池のほとりも気に入っていたのよね」

「池ならこちらにございますよ」

手を引かれて別室に案内されると、そちらには蓮の花の咲き乱れる美しい瓢箪《ひょうたん》形の池があった。池を囲むように風情ある建物がゆったりと配置されている。

「まぁ……、なんて素敵なのかしら」

思わず感嘆の声を上げる。

「こちらは代々の皇后がお住まいになっていた宮殿でございます」

「え？　そんなところにわたしが住んでいいの⁉」

「もちろんです。皇上の思《おぼ》し召《め》しですから」

「でもわたし、皇后ではないのよ？　廷臣の方々は反対されているって聞いたわ」

菊花は腰に手を当てて鼻息をついた。

「関係ありませんよ、そんなの。別に皇后専用の宮殿というわけでもありませんし。ただ皇上のお住まいに一番近くて豪華なお屋敷なので、代々の皇后さまが好まれてお使いになっていたというだけですわ」

けろっとした顔で言った菊花が、目をキラキラさせて耳打ちする。

「もう一息ですわ、寧寿さま！　貴妃は側室の第一位。あと一歩で正室です」

「はぁ……」

寧寿は引き攣った笑みを浮かべた。その一歩が大変なんだと思うけど……。

それで玉藍の気が済むならまぁいいか……と寧寿は溜息をついた。それだけ大切にしてもらえるのはありがたいし、近くに住めるのも嬉しい。

単に引っ越しただけでなく、召使も大幅に増員されていた。もはや実質的に皇后扱いである。他に妃はいないし、廷臣たちも称号についてはともかく後宮のことには口を出せない。皇帝が気に入りの寵妃をどう扱おうと自由なのだ。

称号に関しては政治問題だから、と気にしないことにした。美味しい卵粥《がゆ》と南の国からの献上品だという芒果《マンゴー》なる珍奇な水菓子《くだもの》を朝食にいただき、着替えを済ませると菊花と呂荷を連れて園林《にわ》を散歩した。

ちょうど玉藍が軍事演習を兼ねて近衛たちと打馬球《ポロ》をしているところに行きあい、しばし見学する。寧寿が興味を持っていることを知ると、玉藍は政務のあいまに自ら教えてくれるようになった。

もともと騎射ができるほど乗馬が得意だった寧寿はすぐに覚え、侍女たちとゲームを楽しめるようになった。ときには玉藍や近衛兵を交え、男女混合のチームで試合をした。

練兵場への出入りも許してもらい、長い馬場を使って騎射の練習も再開した。熟練の弓兵に匹敵する寧寿の腕前に兵士たちは感心し、変わったお妃さまだと面食らいつつ、一兵卒にも気さくに話しかける姿に好感を抱いた。こうしてまずは武官から寧寿の人気は高まった。

そんな寧寿を自慢の妃とますます溺愛する一方、若く男前の兵士たちと気軽に談笑などしているのを見つけると玉藍は怖い笑顔でずずいと割り込んでくる。そして寧寿を愛馬に乗せ、しばらくその辺をふたりきりでぶらぶらして独占欲を満たすのだった。

遠慮して離れているとはいえ、お付きの衛兵が何人も控えているのもかまわず、彼は馬上で濃厚な接吻をしかけることもたびたびだった。明らかに冗談とわかる口調ながら、『私以外の男に見惚《みと》れたお仕置きだ』などと甘く囁きながら……。

寧寿とて己の立場をわきまえ、どこへ行くにも必ず侍女と宦官数名に供をさせた。正直わずらわしくもあるが、誤解を招く行動は厳《げん》に慎《つつし》まねばならない。

皇后になれるかどうかはさておき、母国の命運を担う身だ。皇帝の不興を買えば、ただちに鶴国に対する冷遇となって跳ね返る。

必要とあらば権力者の歓心を買うために媚《こ》びもしようと心に決めて嫁いできた。自分の矜持と国運を天秤《てんびん》にかけることはできない。ありがたいことにそんな必要はなかったが。

玉藍は時折やきもちを焼くことはあっても、寧寿を後宮に閉じ込めたりはしない。のびのびと、したいことをさせてくれる。

いつでも自由に馬に乗れるし、弓の練習も好きなだけさせてもらえる。玉藍自身、文武両道で、乗馬や武芸を大いに好む質《たち》だからだろう。

あるいは寧寿の気儘を許すことを『恩返し』の一環と見做《みな》しているのかもしれない。こんなに大事にされていいのかと、時に不安を感じるくらいだ。

「——そなたは鳥籠の小夜啼鶯《ナイチンゲール》ではないからな」

牀榻《ベッド》で睦み合った後、寧寿に甘くくちづけながら彼はそんなことを囁いた。

「寧寿よ。そなたは私の美しい隼《はやぶさ》だ。自由に大空を舞い、望む獲物を仕留めるといい。だが、必ず最後には私の元へ帰ってくるのだぞ?」

「わたしは玉藍さまのものです。何があろうと必ずこの腕に戻ってきます。たとえどんなに遠く離れても……」

ぎゅっと抱きつく。満足げに寧寿の肩を撫でた玉藍は、ふと思いついたように付け加えた。

「男はいかん」

「はぃ？」

きょとんとする寧寿に彼は大真面目に釘《くぎ》を刺した。

「好きなことをしてよいが、男漁《あさ》りだけは許さぬぞ」

「そんなことしませんよっ」

「女も宦官もだめだからな」

「何言ってるんですか⁉」

「女同士の恋愛沙汰は男同士のそれより古いそうではないか。宦官には見目よい者も多い。特に若年者は。呂荷などたいそう愛らしかろう」

「確かに可愛いですけど！　なんというか、弟？　みたいな感じで……、弟の燕晶が、ちょうど同じくらいの年頃ですし……」

「ならば戻寥はどうだ？」

「どうって……。綺麗な人だな、とは、思いますけど……？」

口ごもると、じぃっと見られて寧寿は慌てた。

「そ、そんなこと言ったら、いつも戻太監をお側《そば》に置いている玉藍さまのほうが、あ、怪しいですっ……」

「怪しいだと？」

「だって戻太監はすごい美形だし、年齢不詳で若く見えるし……」

ぽかんとした玉藍は、からからと笑いだして牀榻《ベッド》にあぐらをかいた。

「寥は私の襁褓《むつき》を替えてくれた奴だぞ！　やたら若く見えても、とうに四十を越しておる」

「それは呂荷からも聞きました……」

身を起こし、顔を赤らめながら絹の上掛けを引き寄せて裸身に巻き付ける。

「確かに寥はいささか特別な存在だ。育ての親……と言ってもいい人物だからな」

「元はお母上付きだったそうですね」

「ああ。寥は西域にある香沙《コウシャ》という小国の生まれで、母と同郷なのだ。まったく面識はなかったそうだが。香沙国の人間にはあのように金髪碧眼の者が多いという。寥は元軍人でな。煌国への朝貢使節団の護衛兵として京師《みやこ》へやってきた」

「元軍人……」

背負われたときのしっかりした骨格や筋肉の動きを思い出して寧寿は納得した。宦官になる前は遥《はる》かに逞しかったことだろう。

「たいそう腕が立ったので、禁軍の指導教官として宮廷に仕えることになった。だが、どういうわけだか父上の怒りを買い、宮刑に処せられてしまった」

　寧寿は息をのんだ。

「なんの咎かと訊いても、ただ不興を買ったとしか答えない。宮刑は死刑に次ぐ極刑。よほどの理由があったのだろう。その後数年は浄軍《じょうぐん》――力仕事に従事する最底辺の労働者に落とされていたそうだ。西胡の舞姫であった母を寵愛するようになった父が、彼の存在を思い出して母付きにした。母が故郷を懐かしんで泣くので、慰めよと命じて」

　玉藍は溜息をつき、牀榻《ベッド》から降りた。深衣を無造作にひっかけて卓子《テーブル》へ歩みより、酒器から酒を注いでくいと呷る。

　彼は酒器と盃をひとつ手にして戻ると、寧寿に盃を持たせて酒を注いだ。

「……母には好いた男がいたらしい。同じ一座の舞人で、母と組んで胡旋舞や、剣舞を能《よ》くしたとか。だが、母を気に入った父帝が妾妃に望むと、座長は一も二もなく差し出してしまった。もともと母は天涯孤独の身だったし、座長は対価として大金を手にした」

「それからずっと後宮に……？」

「諦めるしか、なかったのだろうな。まぁ、父は母のことを大事にしていたとは思うよ。美人の位を与え、専属の胡舞楽団まで作った。母の舞いがよほど気に入っていたんだな。子を産むとさらに甘くなってちやほやした。産後の母が気鬱になったのを心配して、同郷の寥を側仕えにするくらいに」

「思いやりのある方だったのですね」

「どうかな」

玉藍は肩をすくめた。

「単に母と私をえこひいきしていただけではないかと思う。怒り狂えばそれはもう凄《すさ》まじかったそうだ。自分で寥のことを指導教官に任命して引き止めておきながら、掌を返して蚕室《さんしつ》に下したくらいだから」

蚕室に下すというのは宮刑に処すことの婉曲表現だ。

「たったひとりの同腹の妹まで、不義を働いたと激昂して宮刑に処した。女の場合は生涯宮廷の一角に幽閉されるんだ。可哀相《かわいそう》に、叔母はほどなく弱って死んだと聞く」

寧寿から取り上げた盃に手酌をして、玉藍は気まずそうに微笑んだ。

「すまんな。埒《らち》もなく辛気臭い話などして」

ふるふると寧寿はかぶりを振った。

「嬉しいです。そのようなことまで話していただけて」

玉藍は寧寿を抱き寄せ、優しく肩をさすった。

「先帝――異母兄《あに》が私を疎んじたことも、理解はできるんだ。父は母を寵愛するあまり、皇后とその息子である異母兄《あに》を捨てておいた。ついには異母兄《あに》を廃嫡して私を皇太子にすると言い出してな……」

ふぅ、と玉藍は溜息をついた。

「勘弁してほしいと訴え、玄州王に封じてもらって宮廷を出た。……だが、それは過ちだったかもしれない」

暗い声音に眉をひそめると同時に『お時間でございます』と澄ました声が告げる。双扉が開かれ、戻寥の端整な顔を見ると少し気まずくなった。

「時間切れだな」

玉藍は名残惜しげに接吻した。唇を合わせるあいだ、戻寥は慎ましく戸口に控えていた。

いつものように背負われて宮灯の連なる廊下を引き返していると、ふと彼が尋ねた。

「どうかなさいましたか？　やけに緊張なさっているご様子ですが」

「いえ、なんでもありません」

「皇上に、なんぞ無体なことでも強いられましたか」

「そ、そんなことないです！　その……お母さまの話を、少し……」

ああ、と納得した様子で戻寥は頷いた。

「私の話が出ましたか。皇上には恨まれても仕方のないことです」

「恨む……？　なんのことですか」

怪訝《けげん》に思って尋ねると、戻寥は苦笑した。

「失礼いたしました。そのことではなかったのですね」

「皇上は、自分にとって戻太監は特別な存在だと仰っていました。育ての親といってもよく、襁褓《おむつ》を替えてもらったのだと……」

戻寥の背中が大きく揺れる。声を殺して笑ったのだ。

「そうそう、そうでした。その頃の皇上はすぐにぐずって泣きだすものだから、おんぶひもで背中にしょって仕事をしたものです」

その光景を思い浮かべて噴き出しそうになるのを慌ててこらえる。

「……戻太監は、とてもそんなお年には見えませんわ」

「妖怪ですから、ね」

横顔でにんまりされてドキッとする。陰でそんなふうに言われているのだろうか……。体質的に老けやすい宦官であるにもかかわらず、四十を越してなお三十そこそこか二十代後半にしか見えないのだから無理もない。

「後宮が賑やかだった頃は、お妃さまがたに若さを保つ秘訣《ひけつ》をよく訊かれたものです。日頃飲んでいる茶をわけてくれと頼まれたり……。特に何もしていないのですが」

「身体を鍛えていらっしゃるのでは？　元軍人……とお伺いしました」

「ええ、そうです。その頃からの癖ですかね。宦官は筋肉が落ちやすいので、日々の鍛練がよけいに欠かせないのですよ」

淡々と戻寥は応じ、くすりと笑った。

「貴妃さまは、もう少し太られても大丈夫ですよ」

「わたし太りました？」

「んー……。初回に比べれば、まぁ多少ふっくらされましたかね」

「もっと運動しなきゃ……！」

決意の呟きに戻寥はくっくと笑う。

「ほどほどになさいませ。鍛えすぎて抱き心地が低下しては本末転倒です」

「そ、そうですね……」

顔を赤らめつつ、それもそうねと寧寿は頷いたのだった。


抱き心地うんぬんはさておいて、寧寿はそれからも乗馬と弓を日課とした。身体を動かすのが好きな性分なのだ。

一方で、書の練習にもまじめに取り組んだ。詩の詠みかたも習っている。

すでに何通か故国《くに》に手紙も書き送った。皇帝は尊敬すべき人となりであること、妃として大切に扱われていること、鵜国への信頼を回復すべく日々努めていること……等々。

弟の燕晶からは、ふたりの妹がそれぞれ別の部族長のもとへ嫁いでいったと知らせが届いた。自分はさいわいにも玉藍に気に入られ、大切にされているが、妹たちはどうなのだろう。つらいめに遭っていなければいいけど……。

家族の行く末に思いを馳《は》せながら宮城の北側に広がる広大な草地で馬を走らせていると、なんだかむしょうに故郷が懐かしくなった。

(だめよ、そんなこと考えては。ここで一生過ごす覚悟をしてきたじゃない)

己を叱咤《しった》しながら厩舎へ戻った。この厩舎は皇族専用で、選《よ》りすぐりの馬が集められている。引退した優秀な軍馬もこちらに引き取られ、子孫をなしながら広い馬場で自由気儘に余生を送るのだ。

寧寿は乗馬の世話を厩務員《きゅうむいん》に任せ、馬房に入れられた馬たちに声をかけて回った。本当は自分の乗った馬は後始末までやりたいのだけれど、皇帝の妃という立場ではそうもいかない。

御馬監の次官が挨拶に来て、雑談するうちに一頭の母馬が子育てしようとしないので困っていると溜息をつかれた。

見せてほしいと頼んで馬場に案内してもらうと、いかにも脚の速そうなすらりとした若い牝馬がいっしんに草を食んでいた。

先頃生まれた子馬は母馬の後を追いかけて、なんとか乳を飲もうとするのだが、そのたびに邪険に追い払われてしまう。

「初産でしてね。慣れてないってのもあるのでしょうが、困ったものです」

母馬は駿足《しゅんそく》だが、少々気難しい性格だという。父親は勇猛果敢な軍馬で、子馬も優駿《ゆうしゅん》であろうと期待されているのだが、母がなかなか乳をやろうとしないので発育が心配だ。

しばらく観察していると、母馬はしじゅう耳をぴくぴくさせて、気が立っている様子なのがわかってきた。

「――そうだわ。馬頭琴《ばとうきん》を聞かせてみたらどうかしら」

「それはなんでございますか」

いぶかしそうに大夫が尋ねる。

「楽器よ。わたしの故郷では授乳拒否の母馬によく馬頭琴を聞かせるの。試してみましょうか」

「ぜひお願いいたします」

「菊花。わたしの持ち物のなかに、棹の先に馬の頭の細工がついた楽器があるんだけど、わかるかしら」

「拝見したことがございます」

「あれを袋ごと持ってきてくれる？　あと、低めの椅子もお願い」

「かしこまりました」

菊花はお付きの宦官をふたり連れて早速宮殿へ向かった。しばらくするとふたりの宦官が錦の袋に入った楽器と折り畳める床几《しょうぎ》を持って全速力で走ってきた。

「侍女どのは後から参られます。急いでこちらを貴妃さまにお届けするようにと」

「ありがとう、ご苦労さま」

寧寿は母馬近くの柵の前に床几を据えさせ、袋から取り出した楽器を膝の間に挟んだ。乗馬のため胡服の下に褲《ズボン》を穿いているから問題ない。

四角い共鳴箱に長い二弦の棹。棹の先端は馬の頭部が彫刻されている。

調弦して静かに演奏を始めた。嫁いで来てからは一度も弾《ひ》いていなかったけれど、頭に入っている曲が自然に滑り出した。

広々とした馬場に哀調をおびた美しい音色が響き始めると、子馬を後ろ足で牽制《けんせい》しながら不機嫌に草を食んでいた母馬が、耳をぴくりとさせて頭をもたげた。

しばし両耳を前方に向けて集中していた母馬はトコトコと柵に近づいてきた。首を前に突き出し、馬頭琴の音色にじっと聞き入っている。瞬きするたび、石のようだった黒い瞳が潤んで和らいでいった。

おずおずと近づいた子馬が乳首に吸いついても、苛立つことなく乳を飲ませている。様子を見守っていた御馬監の大夫や厩務員たちから、おおと感嘆の声が上がった。

子馬が満足するまで寧寿は馬頭琴を奏で続けた。演奏を終えると母馬は何度か頭を振り立て、タッと地を蹴って走り出した。

その後を慌てて子馬が追う。機嫌よさそうに走り回る母馬の姿をホッとして眺めていると、背後から感心した声がかかった。

「見事なものだ」

振り向くと玉藍が護衛や侍者を従えて微笑んでいる。寧寿は楽器を抱え直して一礼した。

「そなたにはかような特技もあったのだな。せっかくだ、もう一曲聞かせてもらえないか」

「は、はい。喜んで」

今度は柵に背を向けて座り直す。玉藍もまた侍者が用意した携帯用の床几に腰を下ろした。

別の曲を奏で始めてしばらくすると、弓を持った手の甲にぽつりと雫《しずく》が垂れた。雨が降ってきたのかと天を振り仰いだ寧寿の頬を、熱いものが伝わる。

「どうしたのだ」

驚いた玉藍の声に目を瞬くと、またもや熱い雫が頬を滑り落ちた。寧寿は自分が泣いていたのだと初めて気付いた。

うろたえて頬をぬぐうも、止まるどころか涙は逆に次々とあふれだしてくる。

「も、申し訳、ございません……！」

「よい。故郷を思い出してせつなくなったのであろう」

跪いて手を握りながら玉藍が優しくなだめる。その言葉にますます涙が止まらなくなった。

玉藍はそっと楽器を取り上げて菊花に預けた。うつむいて顔に袖口を押し当てている寧寿を、彼は優しく抱き上げた。

人前で抱き上げられるなんてふつうなら慌てるところだが、堰《せき》を切ったようにあふれる涙に混乱した寧寿は玉藍の首に腕を回してしがみついた。

「よしよし。遠慮せず泣いてよいのだぞ」

幼子をあやすような声音で囁いて、玉藍は寧寿を抱えて歩きだした。そのまま手近な宮殿に連れて行かれ、落ち着くまで肩を抱いていてくれた。

香りのよい熱い茶を飲んでいるうちに、漸う落ち着きが戻ってくる。恥ずかしくなって何度も詫びる寧寿を、玉藍は優しくなだめた。やがて申し訳なさそうに戻寥が呼びに来て、しぶしぶと玉藍は政務に戻っていった。

寧寿はしばらくそこで休み、菊花の勧めで輿《こし》を用意してもらって自分の宮殿へ戻った。


それ以来、寧寿は妙に涙もろくなってしまった。ふとしたことで急にこみ上げ、滝のように涙があふれ出す。ちょうど月のものが来て夜のお召しはしばらく遠慮することになった。

玉藍は政務のあいまをぬって様子を見に来てくれる。その気遣いがありがたい一方で申し訳ない。月経のせいで情緒不安定になっているのですよと菊花もなぐさめてくれるが、それすら後ろめたかった。

障りの時期が過ぎても夜のお召しはなかった。昼間にはちょくちょく顔を出してくれるから関心が薄れたわけではないだろう。

気遣ってくれているのだろうが、もう大丈夫だから呼んでほしいと自分からねだるのも気が引ける。改めて御前《ごぜん》での演奏に備えて馬頭琴の練習をしようとすると、わーっとこみ上げてきて、せっかく落ち着いた涙がまた滝となる。

あの母馬のことも気になるが、こんな体たらくではかえって機嫌をそこねてしまいそうだ。子馬はきちんと乳を飲めているのだろうか。望郷の念より自分の情けなさに泣けてきた。

数日後、寧寿の房室《へや》を訪れた玉藍が、お茶を飲みながら誘った。

「明日は休みを取ることにした。一緒に出かけないか？」

皇帝の誘いに否やはない。寧寿は頷いた。

「どちらへ……？」

「なに、邑《まち》をぶらぶらしようと思ってな。たまには微行《おしのび》もよかろう？　目立たぬよう供は最低限にして、馬に二人乗りで出かけよう、な」

そういえば、初めて京師《みやこ》に入ったときに皇城前大街を通っただけだ。宮城の敷地だけでもとんでもない広さで、毎日のように馬場や練兵場を駆け回っていたから全然窮屈には感じていなかったが。

「はい。楽しみです」

にっこりしてみせると玉藍は目を細め、寧寿の頤を愛おしそうに親指でそっと撫でた。

翌日、朝食を済ませた寧寿は動きやすい胡服に着替え、指示された宮殿の脇門へ行った。そこには艶々した黒鹿毛の立派な馬がいて、二人乗れる鞍が用意されていた。

「寧寿」

気付いた玉藍が極上の笑顔になる。盤領《まるえり》の袍の下に褲《ズボン》を穿き、幅の狭い革帯を締めていた。頭にはふたつの弁を垂らした黒い帽子。足元は爪先の反《そ》った革長靴《ブーツ》という、凛々《りり》しい武官風の出《い》で立《た》ちだ。

彼は寧寿に歩み寄ると、思案するように顎を摘まんでしげしげと眺めた。

「お気に召しませんか……？」

「いや。ただ――」

玉藍はいきなり寧寿の襟元の盤扣《ひもボタン》をゆるめ、中に着た汗杉《したぎ》の広い襟が見えるほど大きく折り返した。

「このように翻領にして胡服を着るのが流行っているそうだ。――いいぞ。ますます美しい」

頬を赤らめながらもごもご礼を述べる。玉藍は寧寿を馬に乗せ、後ろに跨がった。

「さて行くか。今日はな、新婚の武官が妻に邑《まち》を見物させているという趣向なのだ。遠慮なく甘えるのだぞ？」

「は、はい」

よくわからないが、とりあえず軽くもたれかかってみると玉藍は上機嫌に笑い、馬の腹にかかとを当てた。

従うのは羽林軍《しんえいたい》の兵士たち。つまりは本職の近衛武官なのだが、趣向に合わせて下位の服装をしている。すぐ後ろにふたり、その後ろに予備の馬を連れたひとり、そして少し離れて四人が付いてきている。全員が騎馬だ。

微行《おしのび》とはいえ、妃を連れての外出となれば最低でもそれくらいは要るのだろう。ひとりで何人分もの働きをするような精鋭兵ばかりに違いない。

宮城東の鳳凰門から出て、城壁に沿って広い通りを南へ向かう。馬上からあれこれと玉藍が説明してくれた。大通りには人馬が行き交い、活気に満ちあふれている。

東市を見物し、賑わう酒楼で昼食を取って京師《みやこ》のほぼ中央にある高い塔へ向かった。

すべて磚《れんが》で作られた優美な十五層の塔で、高さは三十丈（約88ｍ）もあるという。

「最上階まで登れる。素晴らしい見晴らしなんだ。ぜひそなたにも見せたい。登るのが難義なら背負ってやろう」

真顔で言われ、自分で登れますから！　と断固遠慮した。多少息を切らしつつ、なんとか自力で登り切って、目の前に広がる雄大な景色に寧寿は歓声を上げた。

「すごい……！」

数えきれないほどの坊里が碁盤目状に並び、大小の通りには大勢の人間や騎馬の群、数珠つなぎの駱駝《らくだ》、荷車の列がひっきりなしに行き交っている。

ところどころに緑濃い園池もある。素晴らしい風景のなかでもひときわ美しいのは官庁街である皇城の北側に広がる宮城だった。

立ち並ぶ宮殿の瑠璃瓦が日光をまばゆく反射している。東西に五つの池。真ん中のもっとも大きくて壮麗な宮殿が、皇帝の住まいである太極宮だ。

宮城の北側城壁の向こうに広がる緑地は、寧寿がよく馬を駆けさせている馬場。厩舎の屋根も見える。さらに外側は練兵場だ。

その先を、玉藍が指し示した。

「あちらの彼方《かなた》に、そなたの母国がある」

「……っ」

息を呑み、寧寿は霞む地平に目を凝らした。むろん、どれほど高い塔だろうと何千里も離れた鶏が見えるはずもない。だが、この大地の向こうに生まれ育った国があるのだと思うと、それだけで目頭が熱くなった。

磚《れんが》の牆壁《かこい》に無意識に爪を立てていると、同じように彼方を見つめていた玉藍が呟いた。

「どれほど故郷が恋しかろうと、そなたを帰してやるわけにはいかない。ここは台雅《タイガ》で一番高い塔だが、鶏国の南端でさえ見ることは叶わぬ。だが、鶏と煌曄とは大地と空とで確かに繋がっているのだ」

「大地と、空とで……」

噛みしめるように呟く。ふわりと北から涼しい風が吹いて、汗ばんだ額を優しく撫でた。寧寿は塔の足元に視線を落とし、そこから地平線まで順にたどった。

繋がってる。

この大地をどこまでもどこまでも駆けて行けば、やがては故郷へと辿《たど》り着《つ》く。この足元の大地は、確かにあの懐かしい大地と地続きなのだ。

この風は故郷から吹いてきた風。遥けし草原を吹き抜けた風が、ここまで駆けてきた。こうして見上げた空を、鶏の草原で燕晶や妹たちもまた見上げているに違いない。

互いの、幸福を祈って……。

「……ふ」

熱い涙が頬を伝う。気付いた玉藍が慌てて顔を覗き込んだ。

「また泣かせてしまった。すまん。少しでも元気になってほしかったのだが、かえって逆効果だったか」

「いいえ、嬉しくなったのです。故郷がとても……近く感じられて……」

ぐすっと鼻を啜り、照れ混じりの笑みを浮かべる。

「ありがとうございます、玉藍さま。すごく元気が出ました。どこにいても、空と大地とで故郷と繋がっているんだと思えば、寂しくなんてないですよね！」

「寧寿……」

「あの、時々ここへ来てもいいですか？」

「もちろんだ。いつでも好きなときに来るといい。私の母もそうしていた」

「まぁ……、そうでしたか」

「寥も一緒にな。母が見ていたのは西の方……あちらだな」

移動して、西の地平を並んで眺める。城門から発した街道が、眼路《めじ》の限りに続いていた。古来、西域とは通商がさかんに行なわれているから、行き来する人馬の数も群を抜く。駱駝を繋いだ隊商《キャラバン》。商人や外交使節のほか、芸能を披露しながら旅する舞楽団も数多くやってきては去っていった。玉藍の母もそうやって台雅を訪れ、思いがけなくもここで一生を終えることとなった。

皇帝の寵妃として何不自由なく暮らしていても、やはり望郷の思いは消しがたかっただろう。望んで寵を得たわけでもないのなら、尚更《なおさら》に。

戻寥とて思いがけぬ運命の変転によって、二度とは帰れなくなった故郷がどれほど懐かしかったことか……。想像するに余りある。

「……ふたりは肩を並べ、黙って長いこと西の彼方を眺めていたよ。気のすむまで眺めると母はいつも私に笑いかけ、抱きしめてくれた。そして美しい舞いを披露して父を喜ばせた。母にとって塔に登って故郷に思いを馳せることは心の安寧に欠かせない習慣だったのだろうな」

寧寿はそっと彼の肩にもたれた。

「わたし、玉藍さまのお妃になれてよかったです」

玉藍は瞠目《どうもく》し、にっこりと笑顔になった。

「私も寧寿を妻にできて本当によかったよ」

抱き合って唇を重ねると、互いに笑いあい、寄り添って塔の四方をゆっくりと巡った。晩春の日が傾き、宮城の甍《いらか》がキラキラと夕陽《ゆうひ》に照り映える美しさを心ゆくまで眺め、そこへふたりして帰ってゆくのだという喜びを胸に、ふたたび馬に相乗りして賑わう夕暮れの大街をそぞろ歩いたのだった。

第五章　蜜愛の褥

微行《おしのび》の後、ふたりの仲はさらに深まった。相変わらず皇后冊立は難航しているが、子を作れば突破口になるなどと言って、玉藍は毎晩のように寧寿を寝間へ呼ぶばかりか、時には昼間に訪れた房室《へや》で交接に及ぶこともあった。

細工格子の窗《まど》越しに美しい園池を視界に収めながら背後から貫かれたり、紫檀の椅子に座った玉藍の膝に跨がり、猛々《たけだけ》しい雄芯をずっぷりと含まされたり。

あるいは一緒に散歩をしようと外に連れ出され、青葉を揺らす柳に背を預けて立ったまま挿入されたこともあった。

人払いをしたところで、ふたりが何をしているかなど筒抜けだろう。必死で声を殺そうとするほどに、意地悪にも玉藍は感じる場所ばかり狙い澄まして突き上げてくる。

「ふっ……、ん……、んぅッ……」

嬌声をこらえていると、くすぐるように耳裏を舐められ、耳殻をこりこりと食まれた。

「もっと声を出せ」

「あ……、いや……」

「嫌がってなどいないだろう？」

ずん、と太棹が蕩《とろ》けた蜜壺を押し上げ、ぐちゅぐちゅと掻き回す。

「……こんなに熱く濡らしているくせに」

「声……聞かれたら……恥ずかし……っ」

「恥ずかしいものか。召使は主が皇帝の寵愛を受けていれば自慢に思うものだ」

「そ……だけど……、んんッ」

びく、と花襞が引き攣り、猛る熱杭をきゅうきゅう締めつけられて玉藍が熱い吐息を洩らす。

ふたりが今いるのは池のほとりに建つ風雅な亭《あずまや》だ。眺望を得るため四方は吹き放ちだから、寧寿が皇帝の膝に載せられているのは丸見えのはず。

（ど……、どうしてこんなことに……）

最初はただ膝に乗れと言われただけだった。背後からゆったりと寧寿を抱いて、玉藍は園林《にわ》で囀《さえず》る小鳥の種類などを機嫌よく教えていた。そのうちになんだかお尻に不穏な気配が当たっているような気がしてきて……。

慌てて降りようとすると有無を言わせぬ笑顔で引き止められ、長裙《スカート》を捲《まく》り上《あ》げられてしまった。躊躇なく茂みのなかへ指がもぐり込んできて臍を噛む。慣れたほうがいいかと、襦裙姿のときは短褲《ドロワーズ》を穿かないことにしたのだが、やっぱり穿くべきだった！

夜毎悦楽を与えられた花園はたちまち期待に潤み、無体な侵入を許してしまう。

「う……」

濡れた隘路につぷっと指が沈み、寧寿は呻いた。そこに苦痛の響きはなく、艶をおびた吐息に背後で玉藍がにやりとする。

「いい子だ」

機嫌を取るように喉元を撫でた手が、襟のあいだから胸元に入り込む。きゅうっと乳房を絞り上げられ、敏感な先端を扱かれて寧寿の息が跳ね上がった。

「はうっ、ぁ……、んん……、だ、だめ……、見られ、て……！」

「仲良く庭の眺めを楽しんでると思うさ」

いくら外から下半身が見えない作りになっているとはいえ、こんなふうに胸元を乱されていてはまるわかりではないか！　正面は開いているから、池の反対側なら寧寿が脚を広げられて秘処をまさぐられているのもはっきり見えるはず。むろん、対岸に人影はないけれど……。

「ん……、ん……、っふ……」

瞳を潤ませ、力なく舌を覗《のぞ》かせて喘いでいると、いきなり唇に吸いつかれた。

絡めた舌を痛いほど絞られ、涙と唾液が同時にあふれる。ちゅくちゅくと舌を吸いねぶりながら蜜を掻《か》きだすように激しく指を前後されて、寧寿はふたたび絶頂に達した。

「ん――……ッ……」

くたりともたれかかった寧寿の乳房を愛おしげに撫で、玉藍は衣の前をくつろげた。かちかちに怒張した雄芯が、みっしりと蜜孔をふさぐ。

「ぁんッ！　あ……あつ……ぃ……っ」

まるで灼熱の棒杭《ぼうぐい》を突き立てられたかのよう。じーんと下腹部が痺れ、快感がとめどなく湧き上がる。

「ひぁ……、ぁ……あぁあっ……！」

こらえきれず寧寿は甲高い嬌声を放った。意識は快楽で塗りつぶされ、羞恥が吹き飛ぶ。愉悦の涙で濡れた睫毛《まつげ》をぎゅっと閉じ合わせ、突き上げられるまま淫らに腰を跳ねさせた。

杉襦《ブラウス》の合わせはすっかりはだけてしまい、剥《む》き出《だ》しになった乳房をがっしりとした男の手がぐにぐにと揉みしだく。

「ぁふ……、ぅ……ッ、んん……！」

ぱんぱんと淫らな水音が結合部からひっきりなしに上がり、太棹が上下するたび掻きだされた蜜がたらたらと会陰部をしたたり落ちた。

「あ。あ。も……、だめっ……！　ぃく……、い……くッ……！」

目が眩《くら》むような快楽が押し寄せ、ふっと意識が途切れる。刹那、解き放たれた慾望がびゅくびゅくと蜜壺に注ぎ込まれた。

腰を突き上げ、痙攣し続ける媚肉に熱い精を残らず注入すると玉藍は満足そうに溜息をついた。

「何度抱いてもそなたの花壺は最高だな。すぐにまた欲しくなる」

「も……、むり……っ」

すすり泣くように訴えると、玉藍はしっとりと汗ばんだ寧寿のこめかみに優しく接吻した。

「冗談だ。このままでは愛しいそなたを壊してしまう」

もう壊されている気がするが……。理性も慎《つつし》みもこなごなにされ、玉藍に触れられただけで蕩けてしまうような、淫猥な身体にされてしまった。

恥ずかしさにほろほろ落涙すると、玉藍は顔中に唇を押し当てた。

「泣くな。そなたが可愛くて、愛しくてたまらないのだ」

「こんなところで、恥ずかし……っ」

「今度から人目が気にならぬところでしてやるから、な？　機嫌を直せ」

外での媾合をやめる気はないのね……と、半分諦めの境地で寧寿は嘆息した。

玉藍は寧寿の襦裙をざっと直すと横抱きにして房室《へや》へ連れ戻した。深紅に金糸で牡丹《ぼたん》と鴛鴦《おしどり》紋様を織り出した緞子《どんす》の坐ぶとんを敷き並べた紫檀の榻《ながいす》にそっと寝かせ、膝枕をしてしばし愛しげに寧寿の頬を撫でる。

やがて侍者に命じて持ってこさせた衣服に手早く着替え、またひとしきり寧寿の機嫌を取ると玉藍は名残惜しそうに政務へ戻っていった。

疲れ果てた寧寿はぐったりと榻《ながいす》に横たわっていたが、菊花の勧めで湯浴みをして牀榻《ベッド》に入った。なんだかもう疲れすぎて恥ずかしいとか気まずいとか感じる余裕もない。

夕食の時間になって起こされたが、食欲がないと断った。寧寿が微熱を出していることに気付いた菊花は、宮城内の薬局で熱さましを調合してもらってきた。

菊花が淹れてくれたお茶を飲み、お粥を少しだけお腹に入れて寧寿は休んだ。

さすがに昼間の無体を反省したのか夜のお召しはなく、ゆっくり休むようにと滋養強壮によいとされる松の実や干しなつめ、竜眼肉などが美しい盒子《ふたもの》に入れて届けられた。

翌朝には落ち着いたものの、起き上がると身体がふらふらして牀榻《ベッド》脇の足台に座り込んでしまった。慌てて菊花が引っ張ってきた御殿医に脈を見てもらう。

特に病気の所見はなく、心身の疲労が溜まっているようですねと言われた。後で調合した生薬を届けるから煮出して飲むように、皇上にはこちらから報告しておきますと告げて医師は下がった。

ゆったりした深衣姿でうとうとしていると、調合した生薬を持って戻寥が訪ねてきた。

「お加減はいかがですか」

心配そうに問われ、大丈夫だと応じると、彼はじっと寧寿の顔を見つめた。

「お顔が青白い。いくら皇上のお求めでも体調が悪いときはご辞退なさってよいのですよ」

「いえ、その、体調が悪くなったのは、その後で……。体力は、あるほうなんですけど……」

口ごもっていると、戻寥はやれやれと嘆息した。

「貴妃さまのことが可愛くて仕方がないにしても、そうしょっちゅう求められてはねぇ。いくら体力があるといっても男と女ではおのずと異なるものです」

「はぁ……」

「貴妃さまが大事なら自制なさるよう、きつく申し上げておきましょう」

「お、お願いします……」

顔を赤らめつつ一揖《いちゆう》する。

「御殿医より預かった薬です。よく煮出して飲んでください。一回分ずつ包んであります」

菊花が漆塗の匣《はこ》をうやうやしく受け取り、ふと思いついたように尋ねる。

「さっそく淹れてまいりましょうか」

「そうね。お願い」

菊花が下がると戻寥は懐から錦の小袋を取り出し、中身を掌に少し出した。

「こちらは私が知り合いの商人から仕入れている枸杞子《くこのみ》で、とても品質がよいものです。どうぞお召し上がりください」

「ありがとう。枸杞子は好き。時々お粥に入れてます」

「滋養強壮によく効きますから一日十粒ほどお召し上がりください。目や肌にも効きます」

受けとって薬茶ができるまで雑談した。

「先日、邑《まち》の中央にある塔へ連れていっていただいたんです。磚《れんが》造りの、立派な……」

「雁塔《がんとう》ですね。よい眺めでしたでしょう」

「はい、とても。皇上のお母さまもよくいらしたそうですね。戻太監を伴われて」

戻寥は懐かしそうなまなざしで頷いた。

「三月に一度くらいは行きましたね。塔の天辺《てっぺん》から西のかたを眺めていると、心が安らぎました。故国は見えなくても何故だか、ね」

「わたしも北の地平線をずっと眺めていたら気持ちが楽になりました。どんなに遠く離れていても空と大地とで故郷とは繋がっているのだと、皇上が仰ってくださって……」

戻寥はにっこりした。

「それは、皇上がまだお小さい頃に母上さまに申し上げたことですね。塔の上で、私が小さな皇子さまを抱き上げて、母上さまと並んで西の地平を眺めていると、ふと仰ったのです。この道をずっとずっと歩いていけば、香沙《コウシャ》国へ辿り着くのか、と。そうだとお母上が頷かれると、今度は空を見上げて仰いました。あの鳥のようにどこまでも飛んで行けば、やはり香沙国に辿り着くのかと。またもお母上が頷かれると、皇子さまはにっこりと笑われたのです。ならば空と大地とで、いつでも母上は故郷と繋がっていますね、と」

鼻の奥がツンとして、寧寿は目を瞬いた。

「……昔からお優しいかただったんですね」

「それはもう。お母上も、当時の皇帝の寵愛を独占していたにもかかわらず謙虚なお人柄でした。皇后さまと皇太子さまに遠慮なさって。わたしは舞いができればいいのよ、とよく笑って仰っていました。政治的な野心など微塵もなく。そういうお人柄だからこそ、先々帝はより寵愛なさったのでしょうね」

「そういえば……。先々帝は玉藍さまを皇太子にしたがっていたとか……？」

思い出して呟くと、戾寥は溜息混じりに頷いた。

「やはり寵妃の産んだ子……というのは大きかったとは思いますが、贔屓目《ひいきめ》を差し引いても玉藍さまは異母兄である当時の皇太子よりも多くの面で優れた資質をお持ちでした。お母上に似て幼少時からたいへん見栄えもして……。東西の血が混じっているせいか、独特の美しさをお持ちでした。勉学もよくお出来になり、武芸全般に秀でておいでで……。強いて欠点を上げるとすれば、女人に対してかなり淡白だったことくらいですかね。女嫌いの冷淡な皇子さまで通っていましたよ」

「そう……だったんですか？」

自分に対するいささか過剰な寵愛を思えばどうも腑《ふ》に落ちないが。眉根を寄せる寧寿に戾寥は苦笑した。

「皇帝の愛息ということで、放っておいても女人が群がり集まってくるのが煩わしかったようです。美女と遊ぶより、馬を駆ったり、剣戟《けんげき》を戦わせるほうを好まれて。さっぱりしたご気性ゆえ人望もありました」

しかし皇帝が後嗣《あとつぎ》の話を持ち出すたびに、正室の子である兄を差し置いてお受けするわけにはいかないと、きっぱり撥ねつけた。それでも皇后や異母兄から疑惑の目で見られることは避けられず……。

「ついにはなるべく遠隔地の王に封じてほしいと直談判《じかだんぱん》し、玄州王となって宮城を出て行かれたのです。後宮に住まうことのできる男子は皇帝と皇太子以外は未封の皇子だけですので」

なるほど、玉藍があの地にいたのはそういう経緯だったのかと寧寿は得心した。

戻爹は悲しげに眉を垂れた。

「ところが玉藍さまが玄州に赴任されてまもなく、お母上は急な病で亡くなられて」

宮城を去ったのは間違いだったかもしれない……と玉藍がいつぞや呟いたことを寧寿はふと思い出した。母の死に目に会えなかったことを悔やんでの発言だったのだろう。

「戻太監は宮城に残られたのですか？　それとも玉藍さまと一緒に玄州へ？」

「私は残りました。玉藍さまは出立にあたり、くれぐれも母のことを頼むと私に言い置かれましたのに……その任を果たせず」

「恨まれても仕方がない……と仰ったのは、そのこと……？」

戻爹は肩をすぼめて頷いた。

「皇上は恨んでなどおられませんわ。戻太監を誰より信頼していらっしゃいます。幼い頃に世話になった話を聞かせてくれたとき、照れたような優しい目をしていましたもの」

「ならばよいのですが」

「恨んでいたら大事なお役目に付けるわけないじゃないですか」

語気を強めると戻寥はにっこりと微笑んだ。

「私にとっても皇上は大切な御方《おかた》。恐れ多いことながら我が子のように思っております。玉藍さまが玄州に赴任され、お母上が亡くなられますと、宮城にはだんだんときな臭い空気が立ち込め始めて――」

深刻そうに戻寥が呟くと同時に、菊花が盆に茶碗《ちゃわん》を載せて戻ってきた。

「貴妃さま、薬湯ができました」

戻寥が我に返って表情を改め、寧寿は少し残念に思った。

それからは薬湯を飲んだり、戻寥の勧めで枸杞子を入れてみたり、菊花も交えて歓談するうちに時間も経《た》ち、戻寥は丁寧に礼をして引き上げた。


戻寥は本当に玉藍を諫《いさ》めてくれて、しばらく夜のお召しは控えるとの通達が来た。昼間には顔を出すが、手を握ったり軽く接吻するくらいで我慢してくれている。

そうやって気づかわれるとなんだか申し訳ない気もしてくるが、ここはしっかり体調回復に当てさせてもらおう。

しばらくすると、近頃市中で人気の西胡《せいこ》舞《ぶ》楽団《がくだん》を宮廷に呼んだので一緒に見物しようと誘われた。

京師《みやこ》には入れ替わり立ち代わり、大小様々な規模の旅芸人が訪れる。特に西域からやってくる舞踏団や大道芸の一座は大人気だ。

玉藍は母親が西胡の舞姫だったたゆえか西域の歌舞音曲に惹かれるものがあり、皇子だった頃からよく市井の芝居小屋や路上で見物していたそうだ。

「その頃は宮廷にも胡舞楽団があってな。といっても、父が母の舞いを自分ひとりで堪能するために作った小さなもので、母が病気で亡くなるとすぐに解散させてしまった」

「では、市中で興行している一座を呼んでご鑑賞を？」

「皇帝になってから鑑賞したのは教坊の楽人や妓女以外では、鐘鼓司《しょうこし》所属の学芸官たちの舞台くらいだな。先日、そなたと雁塔へ登った後、ふと昔のことを思い出して懐かしくなった。周囲の者に尋ねると、ちょうど興行中の舞踏団が大人気で連日満員御礼だという。そなたを連れて微行《おしのび》しようかと思ったが、押すな押すなの大群衆のなかでは警備が大変なので勘弁してくれと泣きつかれてな」

「当然ですよ」

呆れる寧寿に肩をすくめた玉藍は、ニヤリと悪童めいた笑みを浮かべた。

「だから宮廷《ここ》へ呼び寄せることにした。ついでに文武の高官たちも招いて宴を催す。そなたの顔見せだ」

「えぇ⁉」

「女嫌いの偏屈と思われていた皇帝が初めて迎えた妃、それも才人から貴妃へいきなり昇格させ、皇后冊立を諮るほどのお気に入りだぞ？　どんな女人かと誰もが興味津々でな。私としてはそなたを独り占めして他の男の目に触れさせたくなどないのだが、一方では美しく着飾った姿を見せびらかして自慢したいという気持ちもある」

「わ、わたしはそのように自慢されるほどのものでは……」

「私の審美眼を疑うのか？」

ムッとしたように問われて寧寿は慌てた。

「いえっ、そのようなつもりはございませんけど！」

「そなたの神々しいまでの美しさを目の当たりにすれば、寵愛するのもむべなるかなと誰もが納得するであろう」

「……皇上はだいぶんお目が曇られていると思います」

「何か言ったか？」

「いいえっ」

怖い笑顔にぶんぶんかぶりを振ると、控えている菊花が噴き出し、咳払いでごまかした。

玉藍はまじめな顔になって声をひそめた。

「実を言うとな、最近うるさいのだ」

「何がです……？」

「他にも妃を娶れと」

「――っ」

寧寿は息をのんだ。

「そなたを可愛がり、皇后に望んだことで、「女嫌い」なる便利な誤解が解けてしまってな。やたらと女人を勧められるようになって辟易《へきえき》している」

「……それは……、当然……かと」

皇帝が複数の妃を持つのは、単に権力や威光を誇示するためではない。万が一にも後嗣が絶えることがあってはならないからだ。

わかっていても彼が他の妃を娶ると考えただけで胸が氷を抱いたようになる。うつむいてしまった寧寿の頤を、苛立ったように玉藍が掬った。

「当然？　そなたは私が他の女に目移りしてもかまわないのか」

「そんなのいやです！」

大声で叫んでしまい、赤くなる。目を瞠った玉藍はにっこりして寧寿の頬を撫でた。

「ならば、そなたのことをどれほど大切に思っているか示させてくれ」

ためらいつつコクリと頷いた。玉藍は寧寿を抱き寄せ、紗の披帛《スカーフ》をふわりとかけた杉襦《ブラウス》の肩を優しく撫でた。

「そなたを大事に扱っていると廷臣に示せば、母国である鶴を無下にはしないと示すことにもなるのではないか？」

ハッと顔を上げると、玉藍は誠実さにしたたかさが絶妙に入り混じった微笑を浮かべていた。こういう表情をされると彼が大国の為政者なのだということを実感させられる。

同時に寧寿は自分が鶴国の行く末に重大な責任があるということも改めて自覚した。皇帝である玉藍の行動は、どうしたって政治的な意味をおびてしまう。だったらそれを利用しろ――と言外にそそのかしているのかもしれない。

（そうよね。わたしが皇帝に大事にされていることが伝われば、母国の鶴に対してもそれなりの敬意を払わねば……と考えるはずだわ）

「仰せのままに」

玉藍は満足そうに頷き、寧寿の唇に接吻した。

第六章　蜜月離宮

　五日後、胡舞楽団を招いての大規模な宴が開かれた。

　寧寿は百花紋《ひゃっかもん》の織り出された牡丹色の長裙《スカート》を胸高に着て白緑の紗《うすもの》で作られた透ける杉襦《ブラウス》の襟をゆるめて合わせ、菫色《すみれいろ》の帯を締めた。

　開いた胸元には紅珊瑚の首飾り、肩には裳裾に届くほど長い鳳凰紋の披帛《スカーフ》をかける。足元を飾る爪先の反った沓は小粒真珠をちりばめた赤い繻子張りだ。

　結い上げた髪を髷にして黄金の歩揺《かんざし》と象牙に紅玉《ルビー》を嵌め込んだ小さな櫛《くし》を挿す。金細工の冠から短冊上の細板が花鈿を描いた額に垂れ、耳には大粒の翠玉《エメラルド》の耳墜《みみかざり》。

　菊花の差し出す銀鏡を覗き込み、寧寿は淡く黛《まゆずみ》眉を引いた眉をひそめた。

「ちょっと飾りたてすぎじゃない？」

「そんなことございません！　これでも寧寿さまのご希望でなるべく簡素にしたんですよ」

「化粧、濃すぎないかしら……」

「いーえっ。白粉《おしろい》をちょっとはたいて目許と唇に紅を差しただけです。厚化粧するより寧寿さまのお美しさが引き立ちますわ」

「娘娘《ニャンニャン》、お綺麗です〜」

満足そうに菊花はニコニコし、呂荷は目をキラキラさせる。ちら、と控えている宮女たちを見ると、皆そろって『よくお似合いです』と褒めたたえた。

(——ま、似合ってませんとは言わないわよね)

菊花のセンスを信じることにしよう。

輿に乗って出かける。宴が行なわれるのは宮城の主殿であり最大の宮殿でもある太極殿の北側で、舟遊びができる大きな池の前に舞台がしつらえられていた。

暮れなずむ空の下、無数の篝火《かがりび》が焚《た》かれ、園林《にわ》の木々のあいだには花鳥を描いた布貼りの宮灯がずらりと吊《つ》り下《さ》げられている。

高壇の上に肘掛け椅子がふたつ並べて据えられ、そのひとつで玉藍が廷臣と談笑していた。

寧寿に気付くと彼はパッと破顔して腰を浮かせた。

「待っていたぞ、寧寿。——これはまぁ、なんと美しいのか」

素直な感嘆の声に頬を染める。うやうやしく拱手した廷臣たちも口々に褒めそやした。

寧寿が席に着くと、玉藍は背後に控える戻爹に合図した。銅鑼が鳴り、宮廷楽人たちが笛と鉦《かね》を奏しはじめた。挨拶や雑談をしていた者たちがそそくさと席に戻る。

演奏が終わると、西胡の衣装に身を包んだ壮年の男を先頭に、一座の団員が御前に並んで平伏し、揃って叩頭《こうとう》した。続いて座長が跪いて拱手しながら御世《みよ》をたたえ、宮城に招かれた礼を奏上する。

皇帝に代わって戻爹がねぎらいと期待の言葉を述べると、団員たちはふたたび三度叩頭して御前を下がった。

笛と銅鑼が鳴り響き、演《だ》し物《もの》が始まる。最初は群舞で、年若い少年少女たちが歌いながらくるくると旋回したり、見事な跳躍や雑技を披露した。

続いて勇壮な剣舞、演劇仕立ての獅子舞《ししまい》などが舞台に上がる。そしていよいよ巷《ちまた》で一番人気の美しい舞姫たちによる胡旋舞が始まった。

肌もあらわな装束の舞姫たちが、手首足首に鈴つきの黄金の環を幾重にも嵌め、右に左につむじ風のごとく旋回しながら妙技を魅せる。しゃんしゃんと鈴が鳴り響き、太鼓に琵琶《びわ》、笛が異国情緒たっぷりの音楽を奏でる。

その迫力と艶美さに魅了され、寧寿は夜光盃に注がれた葡萄酒を飲むのも忘れて舞台に見入った。

これほど本格的な胡舞楽を間近で見るのは初めてだ。玉藍もまた熱心に演し物を鑑賞しながら、寧寿が感嘆の目で舞台を眺めていることに満足そうだった。

演目が終了すると満場からやんやの喝采と盛大な拍手が巻き起こった。我に返った寧寿も急いで拍手する。隣で手を叩きながら玉藍が悪戯っぽく囁いた。

「あまりまじまじ見つめていて目が回ったのではないか?」

「実はちょっと。すごいですね。あんなにくるくる回り続けてふらつきもしないなんて」

「訓練のたまものさ」

どこか懐かしそうに言って玉藍は盃を傾ける。

「皇上のお母さまも、あのような舞を?」

「ああ。子どもの頃、旋舞を練習する母をまねして尻もちをついた」

こっそりと耳打ちされ、くすくす笑う。玉藍は影のように控えている戻寥に命じた。

「座長と花形の舞姫をここへ。褒美を取らせる」

「ただちに」

一揖《いちゆう》して下がった戻寥が、すぐに一組の男女をともなって戻ってくる。御前でかしこまるふたりに、玉藍は鷹揚に頷いた。

「実に見事な芸であった。朕《よ》も妃も堪能したぞ」

「恐悦至極に存じます」

「顔を上げよ」

舞姫は舞台用に濃い化粧をして、西域人らしい彫りの深い、鼻筋の通った艶麗な顔立ちをしていた。戻寥と同じような金髪で濃い緑の瞳だ。

彼女は玉藍を見ると、驚いたように碧い瞳を瞠った。その容貌から皇帝の出自が自分たちと重なることを見抜いたのだろう。

　舞姫の顔をしげしげと見つめ、ほうと玉藍が感嘆の声を洩らす。舞姫はにっこりと微笑んだ。舞台化粧で二十歳くらいに見えるが、実際はもっと若いのかもしれない。

　胸底にちりっとかすかな痛みが走るのを感じて寧寿はうろたえた。

（こんなに美しいのだもの。見とれたっておかしくないわ）

　初めて玉藍が他の女に見とれるさまを目撃して、自分でも驚くほど動揺している。

（いやだわ。わたしったらそんなに嫉妬深かったのかしら）

　どぎまぎしているうちに、目線で指示された戻豸が、あらかじめ用意されていた褒美の品々を載せた脚台を部下に命じてふたりの前に置かせた。目も彩な絹地、宝玉をちりばめた黄金の装身具、銀粒の詰め込まれた錦袋などに座長が目を輝かせる。

「ありがたき幸せ！　皇上の御世がとこしえに続きますよう！」

　座長と舞姫は揃ってひれ伏し、叩頭した。頷いた玉藍が寧寿にそっと囁く。

「舞いが気に入ったのなら、そなたも褒美を取らせてよいのだぞ」

「あ……、そうですね」

　嫉妬したのが疚《やま》しくて、寧寿は急いで髪に手をやった。たまたま指に触れたものを抜き取ると、それは鳳凰唐草紋様を打ち出し、赤瑪瑙を飾った豪華な銀の釵《さい》（ふたまたの簪）だった。四角垂の小鐸《しょうたく》が触れ合って、涼やかな音をたてる。

一瞬迷い、そんな自分を内心で吝嗇《ケチ》ねと叱りつける。

「……これをあげてもいいでしょうか」

「そなたのものだ。自由に下賜するといい」

鷹揚に言って玉藍はひれ伏している舞姫に声をかけた。

「そのほう、名はなんと申す？」

舞姫はいっそう身を低くして答えた。

「紅炎《コウエン》と申します」

「妃がそなたに褒美を取らす。前に出よ」

紅炎は叩頭して膝を進め、ふたたびひれ伏した。寧寿はできるかぎり愛想よく話しかけた。

「見事な舞いでした。素晴らしい芸を見せてもらったお礼です」

戻寥が代わって差し出した釵を、紅炎はかしこまって両手で押《お》し戴《いただ》いた。そのままの姿勢で後ずさる。腕を下ろす拍子に一瞬目が合った。上目遣いの紅炎の瞳に浮かぶ光に、いわくいいがたい感覚が呼び覚まされ、ぞわりとする。

次の瞬間紅炎は深々と額《ぬか》づき、ふたたび顔を上げたときには無邪気な笑みを浮かべていた。

一座の者が宴の末席に連なることを許され、座長は感激のあまり滅多《めった》やたらと叩頭した。ふたりが下がると玉藍は身を乗り出して寧寿の顎を掬った。

「どうした？　浮かない顔をして」

「いいえ！　あの、素晴らしい舞いに圧倒されてしまって……」

「疲れたか。何か腹に入れるといい」

舞踏の鑑賞が終わった舞台には篝火が並べられ、ふたたび宮廷楽人たちが宴に興を添える奏楽をはじめた。宮女と宦官たちが料理や酒を運び、玉座の前に据えられた長い卓子《テーブル》に山海の珍味が手際よく並べられてゆく。

玉藍は召使を下がらせ、自ら寧寿の食事を給仕した。自分でしますと抗っても許されず、仕方なく適当に取り分けてもらう。

さらには小さく切った肉などを箸で摘まみ、笑顔で「あーん」をやられた。皇帝の威厳がっ……と再三固辞してもどこ吹く風で、にこにこと「あーん」を繰り返すばかりだ。

仕方なく雛鳥《ひなどり》のように食べさせてもらった。今までも自室でこれをやられたことはあったけれど、まさかこんな衆目の前でなんて……！

自分が恥ずかしいという以上に、皇帝の威光が曇るのでは……と心配だ。遠回しに諫めても、政務には日々まじめに取り組んでいるのだから大丈夫だと取り合わない。

周囲の廷臣たちは思いもよらぬ皇帝の一面に驚きつつ、呆れるというよりはどこか諦めた風情で眺めている。どこからどう見ても皇帝がお妃にべた惚《ぼ》れしているのは明らかだ。

（これで新しいお妃の推薦が止まってくれればいい……のかしら？）

胡姫の媚びるようなまなざしに嫉妬を覚えてしまった寧寿は、恥ずかしさをこらえて食べ物を口に運んでもらったり、請われるまま餡《あん》入り胡餅をちぎって玉藍に食べさせたりした。

「ひゃあ！　指舐めないでくださいよっ」

「餡がついてた」

「もう……自分で食べましょうよ、ね……？」

「そなたを膝に載せたいのを我慢してるんだぞ。食べさせるくらいいいじゃないか」

赤面してひそひそ声を上擦らせる寧寿に、しれっと玉藍は返した。

「ほら、そなたの好物の胡麻餅《ごまもち》だぞ。あーん」

胸焼けした廷臣たちは慎ましく目を逸らし、蜜月真っ最中の皇帝夫妻は放っておいて各自勝手に飲みはじめた。

恥ずかしげもなく愛妃を甘やかす皇帝に、かの舞姫が遥か下座から流し目をくれていることには誰も気づかない。

紅炎は口端を吊《つ》り上げ、髷に挿した下賜品の釵《さい》を指先でピンと弾いた。しゃらら……と繊細な小鐸が涼しい音をたてた。


「――え？　胡舞楽団が皇城に滞在してる……？」

数日後、最近始めた琵琶の練習をしていた寧寿は、呂荷の話に目を瞠った。美少年宦官は眉

を吊り上げこくこくと頷いた。

「教坊で楽人見習いをしてる友だちから聞いたんです！　なんでも興行のあいまに宮廷楽人たちに胡楽を教え始めたとか……。それも皇上直々のご指示でですよ⁉」

聞いていた菊花が肩をすくめる。

「また宮廷楽団を作るおつもりなのでしょうか。先々帝のように」

「あれは舞姫だった皇上のお母さまのために作られたのでしょう？」

「そうですよね。わざわざ作らなくても、見たいときには市中から呼んでくればいいんだし。いつだって旅芸人の一座はたくさんいますから」

菊花に頷きながら胸中穏やかでいられない。紅炎なる舞姫は明らかに玉藍に好意を持ったようだし、玉藍のほうもしげしげと彼女の顔を眺めていた。

美しさだけでなく、もしかしたらその顔立ちに懐かしさを覚えたのかも……。

（お母さまに似ていたとか？）

同郷ならありえなくはない。生国は違っても、あの辺りの国々はみな出自を同じくする人々だそうだから、容貌は似通っているだろう。

もやもやして琵琶の練習に身が入らない。寧寿は楽器を置いて立ち上がった。

「ちょっと馬に乗ってくるわ」

胡服に着替えながらふと思い立ち、呂荷に馬頭琴を持たせる。あの母馬がまた苛立っているようなら、聞かせてあげたら機嫌がよくなるかもしれない。ついでに自分の機嫌も。

大人数に付いてこられると煩わしいので菊花と呂荷のふたりだけを伴って馬場へ向かった。

お気に入りの馬に跨がって広い草地を駆け回る。馬を全速力で駆けさせながら鐙《あぶみ》に足を踏ん張って立ち乗りしたり、両手を放して騎射のまねごとをした。

見物している菊花と呂荷から悲鳴と声援が上がる。空想で放った矢の的に、あの美しい舞姫が浮かんでハッとした。寧寿はきりりと唇を噛んで鞍に座り直すと、ふたたび馬を駆った。

吹きつける風と馬体の揺れに身を任せるうちに、少しずつ鬱屈《うっくつ》が散っていった。

ようやく気が晴れ、馬を降りると厩務員に例の母子馬の様子を尋ねる。前よりはよくなったが、ときどき子馬から逃げ回っているという。

「燕のように駿足なんですが、気位の高い小姐《おじょうさま》でしてね」

担当の厩務員が苦笑いする。寧寿が馬を選んだときはちょうど妊娠中だったそうだ。

今は馬房にいるというので行ってみた。母馬は寧寿を覚えていて、近づくと柵の上から首を突きだした。鼻面を撫でてやると嬉しそうにいななく。

「貴妃さまに懐《なつ》いているようですな。子馬が乳離れしたら乗ってみられては。ここの牝馬では一番の駿足ですので、お気に召すかと」

そうするわと頷き、呂荷が気を利かせて担いできた布貼りの軽い折り畳み床几に座って馬頭琴を弾いた。母馬は耳を前に向けて揃え、じっと聞き入っている。

演奏しているうちに寧寿も気が晴れ、馬場へ連れ出される母馬と別れて宮殿に戻った。

その夜も玉藍のお召しはなかった。体調を崩してからそろそろ半月。とっくに回復しているのだが、呼んでほしいと自分からねだるのはどうにも気恥ずかしい。

恥ずかしがっている場合じゃありませんよ！　と菊花に叱られ、昼に顔を出したときにそれとなく言ってみると約束させられた。

ところが翌日から、玉藍は昼間にも来なくなってしまったのだ。戻寥に尋ねても、急に政務がお忙しくなって……と歯切れの悪い答えが返ってくるばかり。

三日ほど待ってみたが、やはり音沙汰はなかった。気に障ることでもしただろうかと考えても何も思いつかない。

大体、宴の席で周囲の者が目を逸らすほどの甘やかしぶりを見せつけた直後ではないか。あのときの玉藍は終始ごきげんだった。

（今夜、お召しがなかったら、文《ふみ》をさしあげよう）

面と向かっては言いづらくても、文なら寂しいと素直に言えるかも……。

気晴らしの乗馬をしながらつらつらと寧寿は考えた。今日は飛ばす気になれず、園林《ていえん》のなかの小径《こみち》をゆっくり歩かせる。

鳥の鳴き声を聞けば、いつか玉藍が教えてくれたことを思い出し、蓮池《はすいけ》を見れば、美しい画舫《ゆうらんせん》で玉藍と舟遊びをしたことを思い出してしまう。どちらのときも、いつのまにやら怪しい雲行きになってその場で抱かれてしまったのだが……。

うっかり思い出して顔を赤らめつつ、寧寿は嘆息した。

（その気になれば時も場所も選ばないのは困ってしまうけど。それでも玉藍さまのことは好き――なのだ。そういうおおらかさもふくめて。もちろん、おおらかすぎるのはものすごく困るけど！

（それともお外でいたすほうがお好みで、渋るわたしに愛想が尽きたとか……？）

埒もないことを深刻に思い煩っていると、菊花が馬を前に進めて話しかけてきた。

「寧寿さま。この先の薬草園で牡丹が花盛りだそうでございますよ。見ていきませんか」

「薬草園で牡丹が？」

「鑑賞ではなく生薬となる根皮を取るために育ててるんです。そうは言っても百花の王ですから見事なものですよ。ちょっとした穴場なんです」

頷いて菊花に続く。園林《ていえん》を出て、瑠璃瓦を載せた石塀に挟まれた甃《いしだたみ》の広い通路を歩きだした寧寿は、ずっと先の門近くに集まっている騎馬にふと目を留めた。

服装からして武官とお付きの宦官のようだが……。

「――皇上だわ」

「えっ？　そうですか？　……うーん。後ろ姿だし、よくわかりません」

菊花が手庇《てびさし》をして目を凝らす。寧寿は菊花より遠目が利く。今は背を向けてしまっているが、さっきちらりと横顔も見えた。何よりあのピンと背筋が伸びた威風堂々たる体躯からして間違いない。

「あ！　側にいる宦官は金髪ですね。だったら戻太監に違いありません。どこへいらっしゃるのでしょう……、あっ、寧寿さま？」

馬の腹に軽くかかとを当て、速歩《はやあし》を命じる。だが進み始めてすぐ、玉藍たちは門から出ていってしまった。

がっかりしつつ門まで行って、馬を御しながら衛兵に尋ねる。

「今ここから出て行かれたのは皇上ですね」

「はい、貴妃さま」

最敬礼して衛兵は答えた。

「わたくしも参ります。門を開けなさい」

「はっ」

衛兵は躊躇なく門扉に取りつくと下ろしたばかりの太い閂《かんぬき》を外して門を開いた。寧寿は頷いて謝意を示すと外の通りへ出た。慌てて菊花が従う。

「寧寿さま。お出かけならもっとお供を付けませんと」

「皇城からは出ないわ」

たぶんね、と心のなかで付け加える。宮城と、その南側に連なる官庁街である皇城とは高い城壁で囲まれ、邑《まち》なかとは区切られている。衙門《やくしょ》勤めの官吏やその下働き、禁軍の兵士など政務関係者の他に入れるのは、許可を得て彼らに飲食などを提供する商人や飛脚くらいだ。

速歩《はやあし》で進むと目指す後ろ姿が見えてきた。玉藍を先頭に、戻寥と衛士《えじ》がひとり付き従っている。

三人は皇城の南端近くまで進み、城壁そばの屋敷に入った。用心しつつ近づいて寧寿はしげしげと建物を眺めた。

「ここは何？」

「官吏用の宿舎です。皇帝に謁見を賜る使節とか、招待された人が泊まることも――あっ」

頓狂な叫び声を上げた菊花が慌てて口を押さえ、そろりと横目で窺う。問《と》い質《ただ》さずともわかった。ここに例の西胡舞楽団が滞在しているのだ。

ふと、笛の音が聞こえてきて寧寿は顔を上げた。空耳か、軽やかな女の笑い声が聞こえた気がする。

「――帰るわ」

呟いて寧寿は馬首を巡らせ、押し黙ったまま殿舎に戻った。

襦裙に着替えた寧寿は夕食の時間までぼんやりふさぎこんでいた。ひとりになりたいと召使を下がらせ、細工格子の窗《まど》越しに美しい園池を眺める。その姿を菊花と呂荷が心配そうに双扉のあいだから覗いていた。

食欲はわかなかったが、心配させてはいけないと無理に口に運んでいると、誰か訪ねてきた気配がした。やがて召使が顔を紅潮させて房室《へや》に入ってきた。

「今宵、皇上が李貴妃さまをお召しにございます」

寧寿は驚いて、箸でつまんだ生姜《しょうが》入りの雲呑《ワンタン》をぽたりと湯《スープ》に落としてしまった。絶対呼ばれないと思っていたのに。

給仕をしていた菊花が跳ねた湯《スープ》をささっと拭きながら嬉しそうに言う。

「ようございましたね、寧寿さま！　食休みしたらさっそく湯浴みなさいませ。薔薇《マイカイ》のつぼみを入れて、甘～い香りを肌と髪に移せば皇上もさぞや――」

「菊花。あなた戻太監に何か言ったわね」

ずばり質《ただ》され一瞬うろたえた菊花は、ぷぅっとむくれて鼻息をついた。

「もちろん言いましたとも！　だってあんまりじゃないですか。あんなベッタベタに甘やかして、他の妃などいらぬとさんざん仰っていたくせに。その舌の根も乾かぬうちにどこの馬の骨とも知れぬ舞妓《まいこ》に懸想するなんて、ひどすぎますっ」

懸想と言い切られ、胸にドスドスと矢が刺さる。だが菊花のしたことは妃付きの侍女としてはむしろ当然で、咎めるべきことではない。

仕方なく言われるままに湯浴みをし、髪と肌を手入れして迎えを待った。

いつものように戻寥が丁重な物腰で迎えに来た。挨拶を受けたきり、互いに話はしなかった。これまでも帰りに少し喋ることはあっても行きは黙っていたからいつもどおりなのだが今夜に限ってはちょっと気まずい。

寧寿を皇帝の寝室に送り届けると、戻寥は深々と礼をして出ていった。ふだんより若干角度が深めだった気がする。

紫檀の卓子《テーブル》で葡萄酒を飲んでいた玉藍に手招かれ、かたわらの椅子に腰を下ろした。美しい夜光盃を差し出され、受けた盃にトクトクと紫紅色の酒が注がれる。

「浮かない顔だな」

甘やかす声音で玉藍が囁いた。答えずに、くいと盃を干す。彼は苦笑して二杯目を注いだ。

「……心に決めて、来たんです」

盃に視線を落としたまま、ぽつんと寧寿は呟いた。

「うん？　何をだ」

「必要なら、媚を売るのも辞さないぞ、って」

玉藍は面食らって目を瞬いた。

「誰に」

「もちろん煌曄皇帝に、です！　そういうのは苦手だけど、鶴国のためになるのならって」

「ははぁ……」

まだ怪訝そうな面持ちで玉藍は顎を撫でる。

「なのに、今までその機会はありませんでした。皇上はずっとわたしを無視なさって、やっといらしたかと思えば今度は人が変わったようにちやほやと甘やかして。媚を売る機会を逸してしまいました」

「そなたは命の恩人だ。そんなことを――」

言いかけて玉藍は、ぐいっと勢いよく盃を干す寧寿に目を丸くする。

「おい、大丈夫か？」

「大丈夫じゃありません。だって、媚びの売り方がわからないんです！」

「今さら私にそんなことをする必要などなかろうが」

「いーえ、あります！　あの舞姫に負けたくないですからっ」

叫んだとたん、堤《つつみ》が決壊したかのようにわーっと涙があふれた。玉藍が慌てて盃を取り上げ、肩を抱く。

「おいおい、どうした。そなた、そんなに泣き上戸だったか⁉」

しゃくりあげながら寧寿は訴えた。

「あ、あのひと、媚を売るの、上手《うま》いんでしょう？　ど、どうすればいいのか、お……、教えてくださいっ。れ、練習……しますからっ……。あのひとより、もっとうまく、売れるように、なり……なります、っから」

呆気にとられて見返していた玉藍は、盛大に噴き出すと力いっぱい寧寿を抱きしめた。

「そんなことを気にしていたのか」

「あの、舞姫のところに、入り浸りだって……！」

「ああ、泣くな泣くな。そんなんじゃない」

くっくと喉を震わせながら、玉藍は深衣の袖口で優しく寧寿の目許をぬぐった。

「どうも薬が効きすぎたな。——確かに紅炎のところへは何度か足を運んだ。しかしそなたが思っているようなことではない。話を聞きに行っただけだ」

「はなし……？」

玉藍は頷き、寧寿を膝に載せた。薔薇《マイカイ》の香りの残る髪にチュッとくちづけ、羽衣の上からそっと肩を撫でる。

「確かにあの舞妓は人に取り入るのが上手い。芸を売る商売ゆえ権力者の後ろ楯を得ないと興行に差し障りがあるからな。しかし私とて取り入ろうと近づいてくる人間には慣れているのだよ」

ニヤリと犬歯を覗かせる玉藍を寧寿はぽかんと見上げた。

「お気に入りの寵妃の産んだ子で、そこそこ出来もよく、父に可愛がられていたからな。すり寄ってくる人間はそれこそ掃いて捨てるほどいた。だからそういう輩《やから》は目付きだけでピンとくるんだ。腹に一物抱えていようが責めはしないが、こちらもそれなりの対応をするまで」

紅炎は宦官に賄賂《まいない》を渡し、もう一度舞いを見てほしい――できれば個人的に――と伝えてきた。玉藍は彼女を宮殿の一角に招いたものの、決してふたりきりにはならなかった。

「本当だぞ？　嘘《うそ》だと思うなら戻爹に訊け」

生真面目に言われ、寧寿は焦ってこくこく頷いた。

「嘘だなんて思いません！」

「あの女は人払いしてほしいとしきりに目配せしてきたが、無視し続けていると脈なしとあっさり諦めた。その辺の見極めが速いのも商売柄だな。で、私は彼女に、ここへ来るまでに通ってきた各国でも領主に色目を使ったろうと言ってやった。その際に、なんぞおもしろい噂話でも小耳に挟まなかったかと尋ねたのだ」

「……それはつまり、政治向きの……？」

玉藍は頷いた。

「煌国の領土は広い。辺境には特別軍区である都護府を置き、節度使（防衛長官）を派遣しているが、周辺国の動向は変事でも起こらぬかぎり、そうそう京師《みやこ》までは聞こえてこない。派遣した節度使のふるまいもな。残念ながら全員がそなたの祖父のように忠義な人間というわけではないのだよ。軍を私物化して僣主《せんしゅ》のごとくふんぞりかえっている者も少なくない」

話すうち、紅炎が非常に頭の切れる人物であることがわかってきた。むろん欲も野心もあるが、したたかさのうちに一本筋の通った気っぷのよさが感じられ、そこが気に入った。

「密偵にならないかと水を向けたら鼻で笑われたよ。お情けをいただけたらやってもいいけど？　などと思わせぶりな目付きですり寄ってきたので冗談じゃないと突っぱねたらカラカラ笑ってた」

紅炎のほうでもそんな玉藍に親しみを覚えたらしく、旅の途中で見聞きしたことをあれこれ話してくれた。

「喋っていると紅炎の故郷《くに》が香沙《コウシャ》国に近いことがわかったのだ。その辺りには当地出身の舞姫が皇帝の目に留まり、妃になった……という言い伝えがあって、どうもそれが母のことらしい。相当に脚色されているが。それでつい嬉しくなって、話し込んでしまった。宿舎に訪ねていったのは、こちらに呼びつけて妙な噂《うわさ》がそなたの耳に入ってはいかんと思ったのだ。それが逆に疑いを招いてしまうとは……。すまないことをした」

「いいえ！　わたしこそきちんと確かめもせず浅慮でした。申し訳ありません」

互いに頭を下げあい、目を見交わして笑いだす。

「出かけるところを見られたと知っていれば、一緒に連れていったのだが」

「わたしも聞きたかったです。玉藍さまのお母さまを題材にしたお話」

「荒唐無稽な甘ったるい恋物語になってて辟易したぞ？　ま、そのうち私から話してやろう。寝物語にな。今はそれより、そなたの甘い口をふさぎたい」

囁いて玉藍は寧寿の顎を取り、そっとくちづけた。かすかに葡萄酒の香りがする。寧寿は彼の首に腕を回して抱きついた。久しぶりの抱擁だ。単《ひとえ》の深衣を通して玉藍の筋肉質な体躯が間近に感じられ、トクリと胸が疼いた。

甘やかすような接吻を重ねられ、それだけで酔ったような気分になる。

唇を離した玉藍は、恍惚とした寧寿の頬を愛しげに撫で、さらに深くくちづけた。ぬるりと入り込んできた肉厚の舌を、寧寿は嬉々《きき》として受け入れた。

「ん……ん……んぅ」

絡めた舌を扱かれ、擦られて、早くも媚芯がぞくぞくと疼く。じゅわりとあふれた唾液を啜られ、熱い吐息とともに口腔《こうこう》を急いたように激しく舐めしゃぶられる。寧寿は玉藍にすがりつき、拙《つたな》いながらも懸命に応えた。

かすかに息を弾ませ、玉藍は情欲の色をたたえた蒼い瞳で熱っぽく寧寿を見つめた。涼しげな目許がほんのりと赤らんで、雄々しくも凄艶な色香が漂う。

彼は寧寿を抱き上げると大股に牀榻《ベッド》に歩み寄った。どさりと落とされて絹の敷きぶとんに身体が弾む。いつになく荒っぽいしぐさも、自分を求めるあまりと思えば嬉しさがこみ上げる。

玉藍は性急に寧寿の羽衣を剥《は》ぎ取《と》り、自らも深衣を脱ぎ捨てて覆い被さった。熱い肌としっかりした重みに包まれる安堵と幸福感とでいっぱいになり、寧寿は逞しい背中にぎゅっとしがみついた。

「玉藍さま……」

上擦った囁き声が、期せずしてねだるように甘くかすれる。玉藍は寧寿の臀部から腿へと掌を滑らせ、膝裏に手を入れてぐっと押し広げた。

開かれた谷間から、溜まっていた熱い蜜がとろりとあふれだす。

「もうこんなに濡らしているのか」

玉藍の囁きも欲望でかすれている。彼は大きく脚を割り広げ、剥き出しになった秘処に吸いついた。ぞろりと大きく舐め上げられ、じゅぅぅと啜られて寧寿は悲鳴を上げた。

「ひぁあっ⁉　やン……ッ、だ、だめっ、そんな……っ」

肘をついて身を起こし、頑健な肩を掴むも、開いた媚唇をねろねろとねぶられると痛いほどの快感に下腹部が疼いて力が入らない。

「あぅ……ッ」

敏感な花芽をちゅうちゅう吸われ、敷きぶとんに落ちた背中がしなる。すべらかな絹地を握りしめ、寧寿は喘ぎながら力なく頭を左右に振った。

すぼめた舌で媚孔をくすぐり、誘いだした蜜を美味そうに啜る。かと思えば秘珠を口にふくみ、ころころと転がされて、容赦ない刺激にたちまち寧寿は絶頂を迎えた。

「あ――……ッ……」

喉をふるわせてはぁはぁ喘いでいると、身を乗り出した玉藍が唇を重ねてきた。己の蜜で濡れた舌で口腔を探られ、淫靡さにクラクラする。

腰を持ち上げられ、わななく蜜口に濡れた先端が押し当てられた。愉悦の予感にぞくっとした刹那、ぬぷぷっ……と熱杭が隘路を犯した。躊躇なく突き入れられ、ずんと奥処《おく》を穿たれて寧寿は声にならない悲鳴を上げた。

「ひ……ッ……！」

ぐぐっとさらに腰を進めながら玉藍が熱い吐息を洩らす。

「ふ……。そう締めるな」

ぴったりと密着した結合部をぐりぐり押し回され、快楽の涙が睫毛を重く濡らしてゆく。蕩ける蜜鞘を堪能した淫刀が猛然と抽挿を始めた。

固く締まった太棹が前後するたび、えらで掻きだされた媚液がたらたらと滴り、慎ましい後孔までぐっしょりと濡らした。

そうしてしばし突き上げると、今度は付け根までずっぷりと嵌め込んで押し回す。淫芽も花唇も一緒くたに刺激されると否応《いやおう》なく絶頂させられて、視界でちかちかと星が踊った。

続けざまに快感を極めてくたりとなった寧寿の身体を横倒しにすると、玉藍は持ち上げた片脚を肩に担いだ。ますます勇壮に奮い勃つ楔を、痙攣しつづける蜜洞にぐちゅりと突き刺す。

泣き声と嬌声が入り交じって寧寿の喉からほとばしった。

「あっ、あっ、あんっ。あぁあっ……！」

もう何度目かわからない恍惚の極みに、ほろほろと涙がこぼれる。

それを親指で掬いとり、ぺろりと指を舐めて玉藍は目を細めた。ふくれ上がった怒張でふさがれた花筒は、男の形状のままにぴたりと吸いつき、絞り上げる。

「私のかたちはすっかり覚えたようだな」

「ん……」

濡れた睫毛を瞬いてコクリと頷く。満足そうに玉藍は微笑んだ。

「いい子だ。私も心地よいぞ」

「ほんと……?」

「ああ、あまりに悦すぎて蕩けてしまいそうだ」

ゆるやかに腰を前後させながら彼は囁いた。締まる媚肉のわななきをじっくりと堪能し、玉藍は身体を繋げたまま器用に寧寿を抱き抱え、膝に載せた。

艶美な色に上気した乳房を逞しい胸板に押し付け、固く抱き合って唇を重ねる。ぴたりと密着していると、身体じゅうで繋がっている感覚に幸福感がこみ上げた。

その体位でも繰り返し愉悦に溺れ、懇願の末にようやく熱い滾《たぎ》りを胎内深くに注がれて、寧寿の意識はふつりと途切れた。

目が覚めると自室の牀榻《ベッド》のなかだった。いつものように戻寥に背負われて戻されたのだろうが、完全に寝入っていたらしい。三度の声かけさえ聞いた覚えが全然ない。

朝風呂にゆっくり浸かり、戻寥にもらった枸杞子《くこのみ》をお粥に入れて食べた。このところピリピリしていた菊花も今朝は上機嫌だ。

「戻太監から聞きました！　皇上が昼間いらっしゃらなかったのは、離宮に行く前になるべく政務《おしごと》を片づけておくためだったんですってね」

「離宮……？」

「京師《みやこ》から半日ばかりのところにあって、美しい松林に囲まれていることから松籟宮《しょうらいきゅう》と呼ばれています。小高い山の麓で、素晴らしく風光明媚《ふうこうめいび》な場所ですよ。胃腸や肌によい温泉もあるんです」

そういえば、ことが済んで抱き合っているときに『離宮でゆっくりすごそう』と囁かれた気がする。そのとき寧寿は度過ぎた快楽と疲労からくる眠気とで意識が朦朧となっており、玉藍の言葉にも頷いたのか舟を漕《こ》いでいただけなのかよくわからない。

「離宮なら宮城のしち面倒くさい規則も適用されませんし、ふたりきりでゆっくり朝寝ができますね」

我がことのように喜ばしげに言われて顔を赤らめる。誰にも邪魔されず、時間も気にせず抱き合っていられるというのは確かに嬉しい。

着心地のよい襦裙に着替え、呂荷を相手にのんびりと碁など楽しんでいると、侍女が来客を告げた。応対に出た菊花が困惑の表情で戻ってくる。

「寧寿さま。舞妓が拝謁をたまわりたいと参っております」

「舞妓？」

「西胡の舞姫ですよ、例の」

「……紅炎？」

「すぐ追い返しますね！」

息巻く菊花を寧寿は制した。

「いいわ、会いましょう。わざわざ来たからには何か理由があるはずよ」

玉藍が紅炎と浮気していたわけではないことはもうわかっているが、自分に会いに来るとはいったい何事だろう……？

下賜された碁盤を片づけさせて紫檀の卓子《テーブル》に着くと、紅炎を伴って菊花が戻ってきた。紅炎は杉襦《ブラウス》の広袖を顔の前に掲げてうやうやしく拱手した。

「貴妃さまにおかれましてはご機嫌麗しゅう。目通りをお許しいただき恐悦でございます」

「どうぞ、かけて」

椅子を示すと紅炎は一揖《いちゆう》して優美な物腰で腰掛けた。寧寿は菊花にお茶の支度を命じた。

「先日見せてもらった舞いは大変素晴らしいものでした」

「恐れ入ります」

「で、今日は何かしら？」

「はい。実は明日、京師《みやこ》を発つことになりましたので、いただいたお品物のお礼とご挨拶を、ぜひともお目にかかって申し上げたく」

頭を下げた紅炎の髷で、赤瑪瑙を嵌め込んだ銀の釵《さい》がシャランと揺れる。

「明日？　ずいぶん急なのね」

驚くと如才なく紅炎は微笑んだ。

「元々の予定ではすでに出発しておりました。光栄にも皇上のお呼びがかかり、特別に宿舎を賜りましたこともあって延期していたのです。その間、少しですが宮廷楽人に故国の音楽を手ほどきさせていただきました」

「そうだったの」

「ご贔屓《ひいき》にしていただくのはありがたいのですが、そろそろ他の一座と交替いたしませんと。台雅には各国から次々に旅芸人がやってきます。一定の日数が過ぎたら互いに場所を譲り合うことにしているのです」

なるほどと寧寿は頷いた。そこへ菊花が茶を運んでくる。給仕するとすぐに隅に引っ込んだものの、棘《とげ》のある視線で油断なく紅炎を監視している。

紅炎は気にしたふうもなく出された茶を飲み、美味しいですわとにっこりした。

「皇上は貴妃さまのことを、他に比べようもないほど大切にしておられるのですね……。実はあたし、皇上を盗《と》っちゃおうかなって思ったんですよー」

いたずらっぽい笑みを浮かべた紅炎が、いきなりくだけた口調になる。目を丸くすると、憤然と菊花が怒鳴った。

「無礼なっ、口を慎みなさい！」

「菊花」

制されてしぶしぶ引き下がる菊花を横目で見、わざとらしく紅炎は口を尖《とが》らせた。

「だぁって羨ましくってー。煌曄皇帝の寵愛を独り占めしてるって噂でしょ。実際、見てたらもう呆れちゃうくらいの猫可愛がりだし。ちょっとくらいおこぼれもらったっていいよねーって、性悪猫は企んじゃったわけ」

ふざけた口調は本気にも冗談にも取れる。まじまじ見ていると、紅炎はまさしく性悪猫らしく朱唇を吊り上げた。

「無礼者！」

菊花が絶叫する。寧寿はそちらのほうに驚いて目をぱちぱちさせた。紅炎は肩をすくめ、髷に挿した釵《さい》をこれ見よがしに撫でる。

「残念なことに、皇上はたったひとりのお妃さまにそれはもう夢中なのよね。他の女なんて一切目に入りませんって感じ」

ピンと指先で釵《さい》をはじいて紅炎はにっこりした。

「ご安心あそばせ。最初から勝ち目がない勝負にわざわざ挑むほどひまではございませんの。そんな時間があったら舞いの稽古をしたほうが楽しいし、よっぽど生産的だわ」

菊花は開いた口がふさがらないという顔つきで、しきりと眉を上げ下げしている。

「……礼を言うべきなのかしら？」

眉をひそめて呟くと、ぷっと紅炎は噴き出した。

「あはは！　変わったお姫さまだねぇ、あんた」

「これっ」

菊花に雷を落とされ、紅炎は大仰に顔をしかめた。

「なによ、褒めたんじゃない」

「どこが⁉」

「変わった皇帝には変わったお妃でなきゃ釣り合いが取れないでしょうが。あんたらお似合いだよ」

「あ……ありがとう……」

気をのまれながら会釈すると、紅炎はくすくす笑った。菊花は苦り切っているが、寧寿は会話が楽しくなっていた。愛らしい顔立ちにもかかわらず、口を開けば歯切れよい言葉がぽんぽん飛び出してくる。

彼女の気っぷのよさが気に入ったと玉藍が言っていたことにも納得がいった。威勢がよく、カラッとしているから喋っていて心地よいのだ。

「皇上のお母さまのご出身地と近いんですって？」

「ああ、うちのほうじゃ有名な話だよ。帝国からしたら端っこも端っこ、辺境の小さな国の、それも身寄りのない孤児が皇帝に見初められたんだ。地元じゃ一番の有名人さ。皇上に言わせれば、内容はでたらめばかりだそうだけど」

「ええ、渋い顔をなさっていたわ」

「あたしら舞妓のあいだじゃ神さまみたいに尊敬されてるよ。芸の上達を願って拝むんだ。ついでに玉《たま》の輿《こし》に乗れますようにってね！」

からから笑う紅炎を、もはや菊花も呆れ半分に眺めている。

茶のお代わりとお菓子を出させ、寧寿は紅炎とのお喋りを楽しんだ。

紅炎はもとは娼妓《しょうぎ》で、幼い頃から歌や踊りが好きだったという。明るい性格と芸の妙技で人気があった。

妓楼を切り盛りする女将《おかみ》の亭主が芸能や音楽に熱中するあまり、ついには旅回りの一座を立ち上げると言い出したとき、いの一番に紅炎が手を挙げた。

「厭なことやつらいことだってそりゃあるさ。でも後悔したことはないよ。妓楼の高窓からいつも遠くを眺めてたんだ。あの地平線の向こうへ行きたい。いつか絶対行ってやる！　ってね。

ひとところに留まれない性分なのさ」

「次はどこへ行くの？」

「東の港町を回ってくるよ。まだ海を見たことがないんだ。でっかい湖ならあるけど」

「わたしもよ」

「海の向こうにも国があるんだってね？」

「ええ、倭《ヤマト》という島国があるわ。そこからの使節や留学生も台雅に来ているのよ」

「行ってみたいなぁ！」

紅炎は目を輝かせた。その様子は舞姫というより冒険を夢見る少年のようだ。

「海を見たら手紙をちょうだい。港町の様子を知りたいの」

「もちろん」

頷いた紅炎は意外なほど優しい目で寧寿を眺めた。

「あんたは留まれるひとだね。しっかり地に足がついてる」

「そうかしら？」

「もしもお妃でなく、自由にどこへでも行けるとしたら……、ひとりでも海を見に行く？」

寧寿は少し考えた。

「たぶん、行ったんじゃないかしら。皇上に出会う前なら……。わたしは騎馬遊牧民の生まれだから、移動するほうがむしろ自然なの。だけど今は、海を見るなら皇上と一緒に見たいわ。

だから、もしも海へ行くなら——皇上を引っ張っていく」

ぽかんと寧寿を見ていた紅炎が盛大に笑いだす。

「あははっ、やっぱりあんた変わってる！　しかもさらっとノロケてくれちゃってさ」

「そ、そんなつもりじゃ」

「照れることないよ。いいね、そういうのも。このひとのそばにいられればいいやって思えるようなひとと、いつか巡《めぐ》り逢《あ》いたいもんだよ」

ちょっとせつなげに溜息をついて、紅炎はにっこりした。

「さて、っと。そろそろ行こうかな。——あ。そうだ、思い出した。ちょっと貴妃さまのお耳に入れときたいことがあったんだった」

「何？」

「えーっとね。ちょっと、人払いをお願いしたいんだけど……」

ちら、と菊花を窺う。ムッとする彼女をなだめるように寧寿は頼んだ。

「少し席を外してくれる？」

「……わかりました」

しぶしぶと一揖し、菊花は房室《へや》から出ていった。双扉が閉まってふたりきりになると、紅炎は身を乗り出しぎみに小声で話を始めた。

「讒言《ざんげん》するつもりはないいんだけどさ。あの美形宦官には気をつけたほうがいいよ」

予想外の言葉に面食らう。

「戻太監のこと？」

「年齢不詳の綺麗な顔した金髪碧眼のヤツ」

なら戻寥で間違いない。

「戻太監がどうかしたの？」

「邑《まち》で見かけたことあるんだ。宮廷に呼ばれて踊りを披露する前さ。そのときは西胡の豪商だとばかり。そういう恰好だったからね。まさか宦官とは思わなかった」

「用があれば外出くらいするでしょう。届けを出せばかまわないのよ？」

「そうなんだけどさ。たまたまそいつが立派な屋敷に入っていくところで、その辺の人に訊いてみたんだ。羽振りよさげだし、お大尽なら宴席に呼んでもらえないかなって、営業かけてみようかと。そうしたら、交易商の苑青《エンセイ》さんだよって」

寧寿はとまどった。

「何か事情があって別名を使っているのでは？」

「そりゃまぁ副業で始めた小商いが当たっただけかもしれないけど。宦官ってのは、がめつくて有名だからね」

「戻太監はそんなことないわよ」

「わかるもんか！　あいつ、あたしが邑《まち》でじろじろ見てたの気付いてたらしくて、宮城に呼ばれて顔を合わせたらすごい目付きで睨まれた。よけいなことを口にしたらただじゃ置かないぞ、ってビシバシ伝わってきたね。あれはヤバい。確実に二、三人は殺してる」

真顔で訴えられて寧寿はたじろいだ。

「戻太監は元軍人なの。だから、そういうことはあったかもしれないわ」

「元軍人かぁ、なら納得。──でもさぁ、後ろめたいことがないなら睨まなくたっていいじゃん。皇上があたしんとこに訪ねてくるときも、ぴったり側にくっついちゃって、ずっと睨んでるんだよ⁉ もう、おっかなくて！」

「それでご挨拶したとき驚いてたのね」

「ん？ ──ああ、あれは皇上にびっくりしたんだ」

「目が蒼かったから？」

「煌曄皇帝が西域の血を引いてることは知ってたよ。お母さんが有名人だからさ。今さらそんなんで驚かない。そうじゃなくて顔立ちがね……。似てたんだ。邑《まち》で最初に戻太監だかを見かけたとき、一緒にいた若い男に」

「若い男……？」

「連れ立って微行《おしのび》だったのかな、って思ったけど、よーく見たら別人なんだよね。確かに似てはいるんだけど雰囲気が全然違う。あっちはこう、いかにも優しそうな雰囲気で、武官よりも文官って感じだった。それか、大店《おおだな》の総領息子？ とにかく皇上みたく偉そうじゃないの。

──あっ、変な意味じゃないよ？　生まれたときから人に傅《かしず》かれている人って、やっぱり態度に出るでしょ。おおらかでも威が漂ってて、貴《あて》な雰囲気というか……」

　わかるわ、と寧寿は頷いた。

「あっちの人は上流でもふつうの人っぽかった。とっても男前だったけどね！」

　商売柄、人の素性を見抜く紅炎の眼力は確かなはず。

「どんな雰囲気だったの？」

「仲よさそうだったよ。美形二人連れだから断袖《だんしゅう》の仲かと思ったんだけど」

「それは何？」

「男夫婦ってこと」

「!?　ち、違うわよ絶対！」

「慌てることないだろ。似てはいたけど貴妃さまの大事な皇上じゃなかったんだから。大体、皇上は貴妃さまに夢中じゃないか」

「そ、そうだけど」

　でもなんかイヤ……と眉を垂れつつ懸命に言いつのる。

「戻太監は皇上を我が子のように思っていると言ってたわ。襁褓《おむつ》を替えてあげたのよ」

「はいはい、下種の勘繰りだったね。だけどさ、ちょーっとだけ心に留めておいてよ。皇上はあの宦官を信頼しきってるみたいだから、気になっちゃって。襁褓を替えてもらったくらいなら無理もないけど、そういう人に裏切られたらすごく傷つくだろ？　強い人って意外なところで脆《もろ》かったりするもんだから」

何か思い出したのか、紅炎の口調がしんみりする。不承不承寧寿は頷いた。

「わかったわ。それとなく気をつけるようにする」

寧寿は紅炎にお菓子や化粧品などを手みやげに持たせ、万が一のときには釵《さい》を見せて『李貴妃からの下賜品だ』と告げるよう言って送り出したのだった。

その夜。紅炎が邑《まち》で戻寥に似た人物を見かけたらしいが……とそれとなく尋ねてみると、玉藍はあっさり頷いた。情報収集機関として特務商会を作り、西域との交易を行なわせていて、戻寥はその監督官なのだという。

「邑《まち》の屋敷は好きに使ってよいと許可を与えてある。たまには息抜きも必要だろう？」

くったくなく笑う玉藍に、寧寿はホッとした。

舗《みせ》には西域人の店員も多いという。ならば玉藍に似ているという人物も、そこで働いているか西からやってきた交易商だ。主に似ているから戻寥も目をかけているのだろう。

寧寿は安堵して、玉藍の口から離宮へ行く話が出たとたん気がかりなど頭からすっかり跳んでしまった。

二月ほど休みが取れたと玉藍は上機嫌だ。

「しばしふたりで朝寝を楽しもうな?」

甘く囁かれると嬉しくてぎゅっと抱きついてしまう。玉藍は寧寿の背を優しく撫で、横抱きにして褥《しとね》に運んだ。熱愛の交歓はその夜も最終刻限ギリギリまで幾度となく繰り返された。


翌日、寧寿は玉藍とともに四頭だての豪華な馬車に乗って宮城を出た。離宮までの距離は八十里(約五十㎞)ほど。整備された道でも馬車はかなり揺れるので速度は抑えられている。座席には真綿を詰めた緞子の坐ぶとんが敷かれているが、やはり乗り心地抜群とは言えない。

嫁入りのときで懲りていたので、途中の休憩時に思い切って『馬に乗って行きたい』とねだるとあっさり許され、すぐに乗馬の用意がされた。

胡服に着替え、嬉々として鞍に跨がるのを眺めて玉藍は感心したように頷いた。

「襦裙姿もしっとりと艶《あで》やかだが、そのような姿も捨てがたいな。私の隼《はやぶさ》はどんな恰好をしても美しく魅惑的だから目が離せないよ」

大まじめにのたまう玉藍の傍らで、側に控えていた宦官が袍の袖で慌てて口許を隠した。衒《てら》いもせず手放しに褒めちぎるものだから、こちらが恥ずかしくなってしまう。

戻寥なら慣れたもので平然としていただろうけど、彼は宮廷に残っている。玉藍は『たまにはのんびりさせてやらんとな！　若作りでも年だから』などと尊大にうそぶいたが、実際には戻寥の健康を気遣っているのだ。

ふたり轡《くつわ》を並べ、風景を楽しみながら進んだ。涼しい川べりで昼食を取り、川筋に沿って上流へ向かうとやがて美しい離宮が見えてきた。

代々の煌曄皇帝が休暇を楽しんできただけあって、松籟宮《しょうらいきゅう》には壮麗な建物が連なっていた。山裾の斜面に、反った屋根に魔よけの神獣像を載せた瑠璃瓦の宮殿が立ち並ぶ。数日前から宮人や宮女が派遣され、皇帝を迎える準備は万端だ。

何より驚いたのが広々とした露天の湯殿だった。池のように広い大理石の浴槽に山から湧きだす湯がなみなみと満たされ、湯に浸かりながら絶景と夕陽を眺められる。

宴席以外の食事は別々に取っていたが、離宮では同じ卓子《テーブル》に着いた。宮城同様、帝国じゅうから届けられる食材を使った料理がずらりと並び、煌国の領土の広さ、多彩さをよく表わしている。

気に入ったものをほどよく食べ、残りは離宮の召使たちや、下働きに来る近隣の村人に下げ渡されるので無駄にはならない。

夜は刻限を気にせず心ゆくまで愛し合った。広い胸板に顔を埋めて眠り、抱擁のなかで小鳥の囀りとともに目覚める幸せを寧寿は初めて味わった。

さわやかな空気のなか朝風呂に浸かり、新鮮な野菜や果実、うみたて卵をもちいた朝食を一緒に摂る。昼間は乗馬をしたり、警護役の近衛兵を交えて弓の試合をしたり、足を伸ばして踏青《ピクニック》に出かけたりと楽しく過ごした。

とはいえ宮城から書類を持って早馬が来る事もたびたびだ。できるだけ政務を片づけ、信頼のおける廷臣に留守《りゅうしゅ》を申しつけてあるが、皇帝じきじきの確認が必要な事案はどうしても出てくる。

玉藍は宮城を離れるときは必ず玉璽を携える。代々受け継がれてきた玉璽《ぎょくじ》――伝国璽は煌曄皇帝の権威と権力を示すものだ。そのため、いつしか玉璽を持つ者が帝位に就けるということになっていた。

むろん継承権を持つ者同士が争った場合に限るが、つい先だっての内乱も発端は玉璽だったという。

決済した書類を持たせて早馬を返したあと、玉藍は見晴らしのよい露台《バルコニー》で茶を喫しながらそのことについて聞かせてくれた。

「父が異母兄《あに》を廃嫡して私を皇太子にしたので、異母兄とその母后は不満を抱いた。まぁ、当然だな。しかし皇帝の命令には逆らえない。そこでひそかに私を抹殺しようと図り、たびたび刺客を送り込んできた」

「あ……」

思わず声を上げると玉藍は頷いた。

「そう。あれが最大の危機だった。寧寿が矢を射なければ、私は殺されていた」

玉藍は卓子《テーブル》に茶碗を置いて嘆息した。

「それまでは、刺客を撃退し続ければいつかは諦めるだろうと思っていた……というか、期待していたんだな。そこそこ腕に覚えがあったから、刺客になど殺られはしないという妙な自信もあった。だが、実際に死にかけて……そんな甘っちょろい期待は捨てなければならないと腹が据わった」

このままでは帝位についたところでいつ寝首をかかれるかわかったものではない。傷が癒えたら一度宮城へ戻り、大々的に皇太子冊立の儀を執り行ってもらおうと決意した。次の皇帝が玉藍であることを天下に知らしめるために。

だが、その矢先。父帝が突然身罷《みまか》った。

玉藍は冷めた茶を啜って顔をしかめ、離れたところに控えている給仕を呼んで熱い茶を淹れさせた。

給仕が下がると、彼は話を再開した。

「私は即座に玄州王府から皇位を主張した。しかし異母兄と母后は、皇帝は崩御前に思い直して異母兄を皇太子に戻すことにしたと言い張って譲らなかった。玉璽の捺《お》された遺言がある、と。……かくて泥沼の皇位争いが始まったというわけだ」

玉藍はふぅと溜息をつき、染め付けの皿に盛られた茶請けのなつめをひとつかじった。

「異母兄と皇太后は宮城に立て籠もり、京師《みやこ》の周囲を禁軍で固めた。兵士たちは皇太后の言うことを信じていたからな。私はわずかな私兵を率いて近くに陣を張り、各軍府の長官に援軍を要請した」

最初はなかなか応じてもらえなかった。皇太后の主張が嘘か本当かわからなかったからだ。内紛が起こっていることが伝わると辺境では軍府の長が勝手に領主を名乗ったり、周辺国が反旗を翻したりする事態が相次いだ。

寧寿は思わず身を縮めた。母国の鶺も、煌国の内乱に乗じて領土を広げようしたのだ。

「辺境防衛軍はそちらの対応に追われて、私に助力するどころではなくなった。正直、一時は八方塞がりだったよ。……だが、ある日、戻寥が陣に現れて事態が大きく変わった。寥は宮城から伝国璽《でんこくじ》を持ち出してきたんだ」

玉藍を新たな皇太子にするという通達は、すでに公布されていた。それを元に戻すという勅令が新たに発布された。命じたのは皇后だ。それが皇帝のご意志だと主張して。

皇帝は病床にあり、皇后と第一皇子の他は彼らの息のかかった医師と宦官しか寝間に入れない。疑念を抱いた戻寥はその文書に捺される玉璽をよくできた偽物とすり替えた。

偽造文書が公布されるや否や皇帝崩御が発表され、第一皇子が跡を継いだ。戻寥は本物の玉璽を隠し持ってひそかに宮城を抜け出し、玉藍の陣に駆けつけた。

そして本物の玉璽をもちいて先の公布は偽造であるとの文書を新たに作り、皇帝玉藍の名で各地に送りつけた。

三つの文書をよくよく見比べれば、二番目の文書の玉璽だけが、わずかに、しかし決定的に違っていることは明らかだった。

納得した将軍たちがぞくぞくと馳《は》せ参《さん》じ、京師《みやこ》を取り巻く大軍を目にして怯《おび》えた異母兄と皇太后は宮城から姿を消した。禁軍は城門を開いて新たな皇帝を迎え入れた。

かくして玉藍は正式に煌曄皇帝として玉座に着き、辺境の叛乱《はんらん》はすべて鎮圧されたのだ。

「異母兄《おにい》さまと皇太后さまはどうなったのですか……？」

「気がかりはそれだ。奴らは杳《よう》として行方が知れん。召使にでも身を窶《やつ》してこっそり抜け出したのだろう。当時、禁軍は私と異母兄のどちらにつくかでまっぷたつに割れていた。異母兄側についた将軍たちのなかには手勢ごといなくなった者もいる。正直、厄介な火種だよ」

溜息をつく玉藍の茶碗に、寧寿はそっと熱い茶を注いだ。

「文官のなかにも不満を抱く者がいる。改革により以前のような旨味《うまみ》を吸えなくなったからな。父帝の晩年は皇后の一族が要職を占め、汚職が横行していた。……それがわかっていながら宮城を去ったのは私の過ちだ」

「以前、仰っていたのはそのこと……？」

玉藍は苦い顔で頷いた。

「あのとき正式に皇太子となって父上を補佐し、断固たる態度を示すべきだった。だが、私は異母兄と争うのが厭で……逃げたんだ」

目障りがいなくなれば、異母兄も落ち着いて皇太子としての自覚を持ってくれるだろうと思って――いや、期待して……。幼い頃は、わりあい仲はよかった。成長するにつれて異母兄は玉藍を厭《いと》うようになり、ことごとく対立するようになった。

「母親の差し金……だろうな。いつもあの女は私と母のことを憎悪のまなざしで睨んでいた。母が亡くなったときは正直疑ったよ。毒殺されたのではなかろうかと……」

急な発病で手の施しようもなかったと信頼できる医師から聞いた。本当に病死だったのだ。

「しかしそれで父上はがっくり来てしまってな。政務に身が入らなくなり、よけいに皇后一族の専横を招いた。私はむしろ、母より父の死に疑問を抱いている」

寧寿はびっくりした。

「病死ではないのですか」

「心臓発作だそうだが怪しいものだ。私の母も診てくれていた御殿医は皇后の不興を買ってお役御免になっていて、後釜は皇后一族の縁戚だ。取り調べようとしたらこいつも姿を消していた。異母兄たち同様、行方を探させてはいるが。これまでは内紛の余波で混乱した国内状況を平定するのが最優先だった。ようやく落ち着いて火種潰しに取りかかれる」

「そんな大事なときに、このようにのんびりしていていいのでしょうか……」

なんだか気が咎める。玉藍はいつもの不敵さを取り戻し、ニヤリと犬歯を覗かせた。

「そんなときだからこそ、さ」

首を傾《かし》げる寧寿の顎を摘まみ、ちゅっと音をたてて接吻する。

「不安にさせる話などして悪かった。気晴らしに馬でそこらを一回りしてこよう。夕食の後にはうまい葡萄酒を飲みながら、そなたの琵琶など聴くとするか」

「まだ、お聞かせできるほどでは……」

「ならば得意の馬頭琴を聴かせておくれ。さぁ、行こう」

寧寿は玉藍と轡を並べて離宮周辺の散策を楽しんだ。日が落ちると庭に篝火を焚き、馬頭琴を奏でながら故郷に伝わる古謡を歌った。


そんなゆったりとした時間が一月ほど続いた。季節は夏にさしかかり、玉藍は相変わらず寧寿を甘やかしつつ、急を要する書類を決済し、武芸の鍛練で汗を流したり、都から持参した書物を読みふけったりと、久々の休暇を満喫している。

気がかりな話を聞いたせいか寧寿のほうがやきもきし始め、それとなく帰京を促すようになって数日後。京師《みやこ》から早馬を駆って使者が訪れた。

「戻太監より緊急の書簡にございます」

差し出された巻物を侍者から受け取り、ざっと一読して玉藍は満足そうに微笑んだ。

「よし。計画どおりだ」

使者を下がらせ、人払いをすると玉藍は卓子《テーブル》に書簡を広げた。もの問いたげな寧寿を座らせ、重々しい口調で切り出す。

「前に話した異母兄《あに》と前皇太后だが――」

「はい」

緊張に顔をこわばらせる。玉藍は端整な顔に猛獣めいた笑みを浮かべて囁いた。

「捕らえたぞ」

反動でぽかんとする寧寿を、玉藍はしてやったりとばかりに眺めている。

「ど、どういうことですか？　確か、異母兄《おにい》さまがたは行方知れずだと……」

「我が帝国は広いからな。捜し回るのも難義だし、向こうから出てきてもらうことにした」

「どうやって⁉」

「油断させて、さ。私が寵妃に夢中で政治《まつりごと》が二の次になっているという噂を流した」

唖然とする寧寿の鼻先を、玉藍はちょんと突《つ》ついた。

「あながち嘘でもないな。離宮にこもってせっせと子作りに励んでいるわけだし」

「……っ」

「そう眉を吊り上げるな。それもまた可愛いが」

真っ赤になる寧寿を上機嫌にいなし、玉藍は説明を始めた。

「前皇后もそうだが、異母兄《あに》はさほど堪《こら》え性《しよう》のある人間ではない。気が短く、すぐに苛立って衝動的な行動に出る。それでいつも失敗するのに、学習ということを知らぬお人でな……。こちらが捜索の手をゆるめれば早晩動き出すだろうと見込んだのだ」

さらに焦燥を煽るため、皇帝が初めて娶った妃に耽溺《たんでき》しているという噂を故意に流させた。才人として入内《じゆだい》した妃をいきなり貴妃に格上げし、さらには皇后にしようと躍起になっている事実も噂に信憑性《しんぴようせい》を与えた。

「そんな噂が流れたら、いろいろ問題なのでは……?」

「真に受けて悪巧みを始める奴らが出れば、謀叛の芽を摘む絶好の機会ではないか。異母兄《あに》ともども潰してやるさ」

きっぱりと言い切る玉藍からは帝国の皇帝たるにふさわしい苛烈さが放たれている。自分には甘い顔ばかり見せていても、さすがは広大な領土を持つ大国の頂点に立つ男。煌国の天子であると同時に寧寿の母国・鶻を初めとする北方蕃族にとっても至高の存在——天可汗《テングリカガン》だ。

威に打たれて寧寿はそっと目を伏せた。

「……異母兄《おにい》さまがたは、どこで捕らえられたのですか?」

「むろん宮城だ。言っただろう? 自分から出てきてもらうと。獣を罠《わな》にかけるのと同じことさ。美味《うま》そうな餌を檻《おり》のなかにぶらさげておけばよい」

「餌……?」

ニヤリと玉藍は皓《しろ》い犬歯を覗かせた。

「伝国璽だ。奴らが喉から手が出るほど欲しがっている本物の玉璽――。この地に君臨する覇王たちに連綿と受け継がれてきた、皇帝の証だ」

「それは玉藍さまが離宮《ここ》へお持ちになっているのでは……?」

「そのことを知っているのは戻寥だけだ。確かに皇帝の決済が必要な案件は早馬で持ち込まれてくるが、それに捺すのは通常決済用の印璽だからな」

素晴らしい彫刻の施された立派な伝国璽は一度見せてもらったが、あれをいちいち書類に捺していたわけではなかったのだ。

「伝国璽が必要なほどの重要案件はめったにない。皇帝の即位、立太子、皇后冊立など国の体制にかかわる出来事に限られる。ふつうは皇帝個人の決済印が捺されていればいいんだ。むしろんそれも最高級の翡翠で作られているが、ずっと実用的な形状をしている。伝国璽は捺すことよりも所有していることのほうに意味があるのだよ」

「じゃあ、ふつうは持ち出したりしないんですね」

「都落ちでもしない限りはな。その意味では今はここが宮城と言ってもいいわけだ」

玉藍はニヤッとした。

「当然、異母兄《あに》は私が伝国璽を宮城に残したまま離宮へ行ったと思っただろう。ふつうはそうする。私の留守中に宮城に舞い戻って伝国璽を手に入れ、我こそが正統なる皇帝である！　―

——と宣言すれば、禁軍は手出しできなくなるわけだ」

「そんな！」

「禁軍は皇帝を守り、皇帝の命令に従って行動する軍隊だ。そうでなければ意味がない。心配するな、伝国璽を持っているのは異母兄《あに》ではなく、この私だぞ」

「あ……、そうでした」

寧寿は胸を押さえてホッとした。

「……でも、そうなると異母兄《おにい》さまがたは宮城でどういうお立場になるのでしょう？」

「私が皇帝である限り、彼らは逆賊でしかない。とはいえ皇族だからな。丁重に軟禁しているよ。奴らにくっついてきた将軍たちは牢《ろう》に放り込んだが」

玉藍は指先で書簡を叩いた。

「ただちに宮城に戻り、異母兄《あに》たちを厳しく詮議せねば。——寧寿、そなたはこのまま離宮に留まれ。折りを見て迎えをよこす」

「一緒に戻ってはいけませんか。危険はないのでしょう？」

「万が一の用心のためだ。心配するな、そう長くはかからん」

玉藍は笑って寧寿を引き寄せ、膝に載せた。

「それとも、一晩でも私と離れては寂しいか？」

頬を染めながらコクリと頷くと、玉藍は愛おしげに目を細めた。

「かわいい奴だ」

唇をふさがれ、逞しい背に腕を回してぎゅっとしがみつく。何故だか不安でたまらない。内紛の火種である異母兄が捕らえられたのだから、安心していいはずなのに。

あやすように背を撫でながら何度も接吻し、名残惜しげに玉藍は唇を離した。

「共に連れ帰りたいのはやまやまなのだが……。実は寧寿、そなたに頼みごとがある」

彼は長衣の袂《たもと》から小さな鍵を取り出した。先端はとても複雑なかたちになっており、柄の先には黄色の房がついている。

「これを預かってほしい。肌身離さず持っていてくれ。寝るときも、湯浴みのときも、けっして目の届かぬところには置かぬよう」

「……なんの鍵ですか?」

両掌を丸めて受け取りながら尋ねると、玉藍は謎めいた笑みを浮かべた。

「大事なもののしまい場所の鍵だ」

ハッと開きかけた口を、人さし指の先で封じられる。

「誰にも言ってはならぬ。いいな?」

囁きに、コクリと頷く。玉藍は微笑んで寧寿に接吻すると、卓上の小鈴を振った。双扉がさっと開き、現れた近侍がうやうやしく拱手する。

「京師《みやこ》に戻る。李貴妃は今しばらく離宮に留まるゆえ、支度は朕《よ》のぶんだけでよい」

「ただちに」

ふたたび拱手して侍者は引き下がった。寧寿は受け取った鍵を手巾《ハンカチ》で丁寧に包み、杉襦《ブラウス》の胸元から帯のなかに押し込んだ。

やがて侍者が戻ってきて玉藍が着替えのために席を立つまで、寧寿は彼の膝でくちづけを交わし続けた。

離宮の警備と寧寿の護衛のため羽林軍《しんえいたい》を半分残して玉藍は急ぎ京師《みやこ》へ引き返した。不安をぬぐえないまま、精一杯の笑顔で送り出す。

すぐによこすと言ったのに、なかなか迎えは来なかった。さすがに二、三日で来るはずもないが、半月にも及べば心配になる。

(きっと異母兄《おにい》さまがたの詮議が難航しているのよ。いま宮城に戻ったところでかえってお心を煩わせるだけだわ)

繰り返しそう自分に言い聞かせ、菊花や呂荷の前ではなんら心配していないふうに明るくふるまった。

預かった鍵はいつも帯のなかにしまい、湯浴みのときも必ず手の届くところに置いた。菊花や侍女たちには、玉藍からもらったお守りだと説明した。子宝祈願のお守りだと解釈されたらしい。

大事なもののしまい場所の鍵。『大事なもの』が伝国璽であることはまちがいない。だが、それがどこにしまってあるのか玉藍は言わなかった。あえて寧寿も尋ねなかった。たぶん知らないほうが、どちらにとっても安全だろうから……。

表面的には平穏な、それでいて言うに言われぬ不安をはらんだ日々が続いた。晴れた空とは裏腹に、寧寿の心には重苦しい暗雲が次第に広がっていった。

(どうして便りのひとつもくださらないのかしら……)

玉藍はそういうことに無頓着な質なのだろうか。

確かに入内したての頃は放っておかれた。そのあいだも寧寿のことが気になってはいたようだが、戻爹に諫められなければ忙しさを言い訳に来訪はさらに後回しにされたことだろう。

つらつら考えるうち、ふと寧寿は思いついた。

(そうよ、こちらからお手紙をさしあげればいいんだわ)

手紙なら時間があるときに読めるから政務の妨げにはならないはずだ。さっそく自室で硯箱を広げたが、料紙がわずかしか残っていなかった。

侍女を呼ぼうとして思いなおし、玉藍の書斎へ足を向ける。宮城の執務室とは違って出入りは自由だ。何度か訪れて、物の置き場所もだいたいわかっている。いろいろな種類の用箋が揃っているから少しわけてもらおう。

玉藍が発ってからは空気の入れ換えと掃除のために召使が出入りするだけで、書斎の周囲はしんとしていた。

なんの気なしに扉を開け、室内に足を踏み入れてぎくりとする。誰かが机の向こう側で抽斗《ひきだし》を探っていた。

顔を上げた人物に寧寿は目を瞠った。

「――戻太監？　そこで何をしているの」

金髪碧眼の麗しき宦官は、悪びれた様子もなく微笑んだ。

「皇上に頼まれたものを取りにまいりました」

「頼まれた、って……」

当惑しながら室内を見回す。机のみならず、茶箪笥《ちゃだんす》やら脇机やら、抽斗という抽斗が大きく開け放たれ、引《ひ》っ掻《か》き回されていた。

「何もこんなにしなくたって。どこにあるか訊かなかったの？　というか、あなたいつ来たの？　全然気がつかなかったわ」

皇帝の使いが来れば真っ先に寧寿に知らせが届くはず――いや、届けるべきだ。皇帝が不在の今、離宮の主は妃である寧寿なのだから。

戻寥は微笑したまま答えない。いつもと変わらぬ端麗な面持ちが、何故だかとてつもなく怖く思えた。緑玉《エメラルド》のごとき瞳が、見たことないほど冷たくて――。

彼がゆっくりと机を回り、寧寿は後退った。戻爹は揶揄《やゆ》するような猫なで声で尋ねた。

「李貴妃さま。何か皇上から預かったものはございませんか？」

反射的に帯を押さえてしまう。ハッとしてその手を拳に変え、ぎゅっと胸に押し付けながら寧寿は毅然と返した。

「いいえ、何も」

「貴妃さまは嘘がお下手ですね」

「預かったものなどないわ！」

踵《きびす》を返して扉をすり抜けようとしたが、一瞬間に合わなかった。後ろから手が伸び、素早く扉を閉めるやいなや、間に割り込んで立ちはだかる。

胸にぶつかりそうになってたたらを踏み、無我夢中で飛びすさった。裳裾を踏んで転びそうになるのをどうにか踏みとどまる。

体勢を整える前に大股で歩み寄った戻爹に帯を掴まれ、強引に差し込まれた指先が手巾《ハンカチ》にくるんだ鍵を難なく探し当てた。

「や……っ、返して！」

慌てて手を伸ばすと、がら空きになった腹部に拳が打ち込まれた。息が詰まり、目の前が暗くなる。哀れむような戻爹の美貌が闇に溶けていった。

第七章　夢惑い

ガタガタと揺れる振動で、寧寿は意識を取り戻した。

「気がつかれましたか」

低い声に視線を上げると、戻寥が無表情に見下ろしていた。寧寿は両手両足を縛られ、猿ぐつわを噛まされて馬車の座席に横たえられている。

四苦八苦してどうにか座席に座り、非難がましく睨んだが、縄も猿ぐつわも解いてくれそうにない。言いたいことは伝わったらしく、冷ややかに彼は微笑んだ。

「何故こんなことを――と仰りたいのでしょう？　いずれ話してさしあげますよ」

くすりと洩らされた笑い声に、ぞっと背中が冷える。

彼の傍らには逆さまの碁盤が置かれていた。玉藍から贈られた、精緻な螺鈿細工の施された美しい黒檀の碁盤だ。

裏返したことなどないから気付かなかったが、真ん中に小さな鍵穴がある。寧寿の視線に、戻寥が広袖の袂から黄色い房のついた鍵をつまみ出して軽く揺らした。

「ご存じありませんでしたか？　この鍵は、碁盤のなかに仕込まれた隠し箱を開けるためのものです」

（隠し箱……？）

寧寿は眉をひそめた。

「熟練の鍵職人が自分の技倆《ぎりょう》を示すために作り、先々代の皇帝――玉藍さまのお父上に献上した逸品です。玉藍さまが大変感心なさり、気に入られたので父帝はこれを下賜されました。ずっと手許《てもと》に置いて大切になさっていたこれを、玉藍さまがあなたに贈られたのは、命の恩人への最大限の感謝のおつもりだったのでしょうね。……ですが、それだけではなかったかもしれません」

（そんな仕掛けがあるなんて全然知らなかったわよ！）

抗議を込めて睨み付けると彼は悠然と頷いた。

「そう、これに隠し箱が仕込まれていることを、玉藍さまはあなたに伝えなかった。何かのときの隠し場所としては、むしろ自分の手許にないほうが安全だと思われたのでしょう。いわばこれは秘密の金庫。玉藍さまが何かを隠すならきっとここだと思っていました」

戻寥はにっこりと微笑んだ。

「さて、何が入っているのか確かめてみましょう。貴妃さまが目を覚ますまで開けるのは遠慮していたのです。鍵を預かっていたあなたの目の前で開けるのが礼儀かと思いましてね」

人を食った物言いに眉を逆立てる。

戻寥は小さな鍵を慎重に鍵穴に差し入れた。

「……この鍵はとても複雑な作りでしてね。ただ回しても開かないのですよ。無理に回せば壊れて二度と開かなくなってしまう。そうなれば壊すしかない。碁盤部分には美術品としての価値がありますので壊すのは忍びない」

戻寥はゆっくりと鍵を左右に回した。一方向に回すとカチリと小さな音がして、逆方向に回すとまたカチリと音がする。ときに同じ方向に二度回すこともあった。そのたびに内部で小さな掛け金が外れていくようだ。

「単純に左右に回すのではなく、決まった順番があるのですよ。これを作った職人が実演するのを玉藍さまの側で見ていて覚えたのです。その職人はすでに鬼籍に入りましたから、これの開けかたを知っているのは今やこの世で玉藍さまと私だけ……」

鍵を回しながら独りごちるように低く戻寥は呟いた。最後にガチンとひときわ大きな音が響き、蓋がひとりでに少しだけ持ち上がった。

隠し箱のなかには錦の袋が収められていた。周囲に綿を詰めて動かないようにしてある。

袋の紐《ひも》を解き、戻寥が取り出したものを、寧寿はまじまじと見つめた。それは大きな翡翠の塊から彫りだされた見事な印璽だった。

判面は真四角で、摘まみの部分はとぐろを巻く竜をかたどっている。戻寥は判面をじっと見つめていたが、何を思ったかいきなり寧寿の膝の上に玉璽をポイと投げた。

焦って寧寿は膝を前後させ、腿のあいだにうまく玉璽を収めた。

(何するのよ⁉)

憤然と戻寥を睨み付ける。彼は肩をすくめた。

「やられました。偽物ですよ、それは」

「⁉」

屈《かが》み込《こ》んで間近からためつすがめつしてみたが、精緻な作りといい、用いられている翡翠の品質といい、どう見ても本物としか思えない。

「よくできているでしょう? それは私がかつてすり替えた偽物です。といっても、もともと何代か前の皇帝が予備として作らせたものと言われていますから、正確には複製ですね」

戻寥は溜息をついた。

「念のためあなたを連れ出しておいてよかった。玉藍さまに本物の玉璽の在《あ》り処《か》を吐いていただかねばなりませんからね。あなたと引き換えに」

青ざめた寧寿は膝の上の偽玉璽を気にしながら身を乗り出した。馬車はけっこうな速度で走っており、ひっきりなしに揺れている。

「おーぃえおんあおおおっ」

「……元気な御方だ。仕方ない、いちいち推測するのも面倒だから外してあげましょう。ただし、あまりに大声を出されるとまた眠っていただくことになりますよ」

戻寥は猿ぐつわを解くのではなく、ぐいと引っ張って顎のほうへ無理やりずらした。

「どうしてこんなことをっ」

顎を押さえつけられて喋りにくいが、無我夢中で叫ぶ。

「後で話すとさっき言ったでしょう。うるさい馬車のなかでなど話したくありません」

「玉藍さまは⁉　ご無事なの⁉」

「五体満足ではいらっしゃいますが、今頃はだいぶ弱られていることでしょう」

「何をしたの⁉」

「お茶に一服盛って眠り込んだところを特別牢にお移ししたのでね。ご用心なさって、以来ほとんど何も口にされないのです。妙なものは入れていないと言っても信じてもらえず。せめて水だけでも、と井戸から汲《く》んだばかりの水を私が半分飲んでからお飲みいただいています」

淡々と答える戻寥を、寧寿は信じられない思いで睨み付けた。

「宮城はどうなっているの」

「玉藍さまは急な病でお倒れになった——ということになっています。緊急事態ゆえ、兄君とすみやかに和解され、摂政役をお申しつけに……」

「ということになってるわけね⁉　ひどいわ！　玉藍さまはあなたのことを誰より信頼し、重んじていたのに……っ。何が不満なの⁉　どんな恨みがあったというの！」

詰られた戻寥の冷ややかな表情が、わずかにゆがむ。

「不満も恨みもありませんよ。玉藍さまには……ね」

「じゃあ誰かにはあると⁉」

「——私が望んでこのような身体になったとお思いですか」

唐突に強い口調で詰問され、寧寿は目を瞠った。

「罰を受けた……と聞いたわ」

「そう。私に宮刑を命じたのは先々帝。玉藍さまのお父上だ」

「——だから⁉　その恨みを晴らすために息子の玉藍さまを——」

「言ったでしょう、玉藍さまにはなんの恨みも不満もないと」

戻寥が語気を強める。唇をふるわせる寧寿を見つめ、彼は険しい表情を少しだけゆるめた。

「……玉藍さまは私にとって、誰より大切な存在でした。頼りにされるのも嬉しかった。あの方に傅《かしず》き、世話をし、役に立つことが……私の生きがいだったんです」

「今は違う、と？」

戻寥は碧い瞳を瞬き、じっと寧寿を見つめた。

「人は変わるものです」

「玉藍さまがどう変わったというの？　わたしを寵愛することが気に入らないとでも⁉」

「いいえ、変わったのは私です。——夢を、見てしまったのですよ」

「夢……？」

「ずっと昔に失った、夢の続きを、ね……」

ふっ、と戻寥は微笑んだ。それこそ夢見るひとのように、遠いまなざしで。

「寧寿さま。あなたが玉藍さまを愛するように、そして玉藍さまがあなたを愛するように、かつては私にも愛しあう相手がいたのですよ」

寧寿は息を呑んだ。

「私たちは夢を見た……。ごくささやかな、幸せな家庭の夢を。いっときは手に入れて、とても幸福でした。だが、その幸せはあっというまに打ち砕かれた。私は何もかも失いました。愛するひとも、本来の自分自身さえも……」

戻寥はうつむき、小さく息を洩らした。

「……何度も死のうとしました。でも、できなかった。怖かったのではなく、悔しかったのです。大きな力に押しつぶされるまま、ただ死ぬのが悔しかった。いつか――、いつか必ず、せめて一矢報いようと……。その一心で、浄軍でのつらい労役にも侮蔑にも耐えた。『いつか』に備えるため身体を鍛えておくことも怠らなかった。なのに……」

碧い瞳に憤怒が閃《ひらめ》く。

「私たちに塗炭の苦しみと屈辱を与えた男は、そんなことなどすっかり忘れて寵姫《ちょうき》のご機嫌とりを命じた！　私と同郷の、美しい西胡の舞姫――」

「……玉藍さまのお母さまね」

絶句した戻寥は、やがてゆるゆると頷いた。

「あの方は、見てくれが美しいだけでなく、気立てのいい、無邪気で純真な人でした。同郷人の私を兄のように慕ってくれた。私にとってもあの方は、遥かな故郷に残してきた妹のようでした。幼い玉藍さまも、とてもかわいかった。どこか……おもかげがあるようで」

誰の？　と問うのを遮るように戻寥は話を続けた。

「おふたりに仕えることで、荒《すさ》みきった心も少しずつ癒《いや》されていきました。恨みも憎しみも消えてはいなかったが、玉藍さまがかわいくてね。あの方が煌曄帝国の皇帝になれば、この根深い恨みもいくぶんかは薄らぐのではないかと……」

戻寥の声が呟きとなって消える。碧眼がかすかに潤んでいることに気づき、寧寿はたまらない気持ちになった。

「わからないわ……！　玉藍さまがそんなに大事なら、どうして裏切ったりできるの⁉」

「言ったでしょう？　夢を、見てしまったのだと」

「異母兄《おにい》さまがたに味方することで、その『夢』がかなうというの⁉」

「さぁて、どうでしょうね」

戻寥は冷ややかな表情に戻り、有無を言わせず猿ぐつわを嵌め直した。非難の目で睨んでも、もはや眉一筋動かさない。

彼は偽の玉璽を取り上げ、独りごちるように呟いた。

「これは元通りにしまっておきますか。いずれまた使いみちがあるかもしれない」

仕掛けを元に戻し、鍵を手巾《ハンカチ》で包んで襟元にしまう。広袖から取り出した被帛《スカーフ》を寧寿の顔にぐるぐると巻き付け、視界をふさいだ。

戻寥はもはや一言も喋らず、ガタガタ揺れる馬車の振動と物音以外には何も聞き取れない。それでも懸命に耳を澄ませていたが、疲れ果てた寧寿はいつしか眠り込んでしまった。

次に意識を取り戻したときには誰かの肩に担がれて運ばれていた。

「んん⁉」

反射的にもがくと、抱え込まれた足を警告のように締めつけられる。

「お静かに」

低い囁き声は戻寥のものだ。視界が真っ暗なのは目隠しのせいばかりでなく、すでに日が沈んでいるらしい。なんとなく茂みか木立のあいだを通っている気配がする。

いったいどこへ連れて行かれるのかと冷や汗をかいていると、やがて建物のなかに入ったのがわかった。コツコツと沓音を鳴らし、躊躇《ためら》いなく戻寥は進んでゆく。

しばらくすると扉が開閉する音がして、榻《ながいす》らしきものの上にそっと下ろされた。頬に当たる感触から、錦の坐ぶとんが敷かれているのがわかる。

「猿ぐつわを外しますが、叫ばないでくださいね。どうせ誰にも聞こえやしませんが」

やっと口許が自由になり、寧寿はほーっと大きな溜息をついた。

「目隠しも取ってもらえない？」

「いましばらくご辛抱を」

にべもなく答えて戻寥は立ち上がった。

「どこ行くの⁉」

「お茶を淹れるだけですよ。喉が渇いたでしょう」

「変なもの入れるんでしょ！」

くすりと笑う気配が離れたところから伝わってくる。

「貴妃さまがおとなしくしていてくだされば、そのようなことはいたしません」

「……あなたに敵《かな》わないことくらいわかってるわよ」

拗《す》ねたように寧寿は呟いた。

戻寥が元軍人で、今でも身体をしっかり鍛えていることはわかっている。当て身を食らわせた手際も鮮やかだった。

コトコトと茶器を扱う音に続いて焜炉《こんろ》の鉄瓶からしゅんしゅんと湯の沸く音が聞こえ始める。やがて戻寥が戻ってきて、榻《ながいす》の前の卓子《テーブル》に茶器を置いた。

寧寿は彼がお茶の用意をしているあいだに自力で身を起こし、背もたれに寄り掛かって座っていた。隣に座った戻寥が茶碗をそっと唇に当てる。

「熱いですから気をつけて」

用心しいしい熱い茶を啜った。思ったより喉が渇いていて夢中でむさぼり飲む。続けて二杯飲ませてもらってやっと落ち着いた。

「……ここはどこなの」

「宮城の一角ですよ。敷地の端ですし、周囲は園林《にわ》の木立で囲まれていますから静かで目立たない場所です。落ち着くので以前から私の私邸として使わせてもらっています」

「玉藍さまに会わせて！」

「もちろん会わせてさしあげますとも。貴妃さまには皇上を説得していただかねばなりませんから。本物の玉璽──正真正銘の伝国の印璽をこちらへ渡すようにと」

冷ややかな微笑をふくんだ声が答える。ぐっと寧寿は歯を食いしばった。

（そんなこと頼めるわけないでしょう……？）

自分の命惜しさに、帝位の威信と正統性を示す玉璽を敵に渡せだなんて！　そんなこと絶対にできないし、したくもない。

玉藍は煌曄帝国の皇帝であり、母国・鶺の天可汗《テングリカガン》。すべての民にとって至高の存在なのだ。

玉藍はその地位にふさわしい人物だと、心から寧寿は信じている。日々接して見聞きした彼の言動。離宮で間近に見た、政務への真摯な取り組み。

おおらかで、胆力があって。優しく思いやりがある一方、いったん決意すれば臆することなく果断な行動を取る。

為政者としては苛烈さ、冷徹さを躊躇なく示し、夫としては溺れるほどの情愛を注ぎつつひとりの人間として尊重してくれる。

寧寿は妻として女として玉藍を愛すると同時に、皇帝としての彼を尊敬していた。その妃であることをおおいに誇りに思っている。

唇を噛んで押し黙る寧寿に、戻寥が小さな笑い声を洩らした。それが何故か満足げなものに思えて混乱する。

「いいのですよ、貴妃さまは何も頼まずとも。ただそこにいてくださればいい。交渉するのは私。決断するのは玉藍さま――」

その言葉を遮って、突然、房室《へや》の扉が激しく叩かれた。

「戻太監！　た、大変です！」

裏返った甲高い声が響く。戻寥は素早く立ち上がった。パタパタと何かを広げる気配がする。榻《ながいす》の前に屏風《びょうぶ》を立て巡らせたようだ。

「入りなさい」

慌ただしく扉が開き、駆け込んできた誰かが床に跪いて叩頭する。

「た、大変なことに！　皇上が……脱走されました！」

「何!?」

さすがに戻寥も動揺した。『助けて』と叫ぶのも忘れ、寧寿はいっしんに耳を澄ませた。

嗚咽《おえつ》混じりの釈明によれば、牢内で玉藍が倒れているのを見て慌てた見張りが鍵を開けてなかに入ったとたん、殴り倒されたという。それまで玉藍が飲食拒否していたので、てっきり具合が悪くなったと思い込んだのだ。

見張りが仲間に揺り起こされたときには、とっくに玉藍は消えていた。宮城で生まれ育ち、見張りの少ない通路や抜け道を彼はいくつも知っている。

戻寥は大きな溜息をついた。這いつくばった宦官がひぃひぃと情けない泣き声を上げる。

「逃げられてしまってはどうしようもありません。――よい、もう下がりなさい。むやみに騒がず、今までどおり皇上は寝込んでおられるということに」

「はい……はい……」

部下の宦官は床に額をこすりつけ、めそめそ啜《すす》り泣《な》きながら房室《へや》を出ていった。

はぁ、とさらに大きな溜息が聞こえた――かと思うと、戻寥はいきなり大声で笑い出した。

「ははは っ……！　まったくあの方ときたら！　いつも私の意表を突いてくださる」

彼は乱暴に屏風を押しやり、引きむしるように寧寿の目許から被帛《スカーフ》を外した。大燭台に燈された灯が近くにあって、眩《まぶ》しさに顔をしかめる。戻寥は榻《ながいす》の反対側の端に荒っぽく腰を下ろすと、さらにひとしきり笑った。

くっくと喉を鳴らしながら、眉を逆立てる寧寿を皮肉っぽく見やる。

「困ったことになりましたねぇ。まさかの行き違いですよ。せっかく貴妃さまをお連れしたというのに、肝心の皇帝が脱走するとは！　あなたが離宮にいないことを知ったらどれほど地団駄踏むことか。……ふむ。なかなか愉快な状況だ」

「思いどおりに行かなくて残念だったわね！」

せいいっぱいの厭味《いやみ》で応酬してやったが、戻寥は余裕の表情を崩さない。

「なに、同じことですよ。要はあなたを取引材料にできればいいのだから」

にぃ、と口端を吊り上げて戻寥は凄艶な笑みを浮かべた。まるで麗しき妖狐のように。

「直接会わせたほうが衝撃が大きかったでしょうが、こうなっては致し方ない。さっそく離宮に書簡を送りましょう。李貴妃さまはこちらに預かっていると。——ともかくあなたは別室でお休みになってください。馬車に揺られてお疲れでしょうからね」

縛られたまま軽々と抱き上げられ、奥まった寝室に連れて行かれる。大きな牀榻《ベッド》に下ろされ、やっと手足を拘束する縄が解かれた。食事をお持ちしますと言い置いて戻寥は出ていった。

無駄だろうと思いつつ扉を探ってみると、やはり外から鍵がかけられていた。窓は全部板戸が閉められ、掛け金を外して押し開けようとしても外側で何かにつっかえて空気抜き程度にしか開かない。他には明かり取りを兼ねた細い櫺子窓《れんじまど》が高い場所にあるだけだ。

室内を照らすのは対になった大燭台。家具調度は艶光りする紫檀製で、薄絹の窓紗《カーテン》といい、牀榻《ベッド》に垂れる緞子の帳や夜具といい、豪勢なしつらえだ。

欞子窓の下には鏡を置いた化粧台があって、やや違和感を覚えた。白い磁器の小さな盒子《ふたもの》は紅入れだろう。おしろいの容器も並んでいる。きれいに掃除してあって台には塵ひとつない。

戻寥に化粧の趣味があるとも思えず、首を傾げてふと思いついた。

（ここ、以前は女性が暮らしていたのかもしれないわ）

坐ぶとんや寝具に用いられた錦の織物はどれも女性好みの花鳥をもちいた優艶な柄ばかりだ。皇帝の未亡人などがひっそり暮らしていた殿舎なのかもしれない。

しばらく房室《へや》じゅうを歩き回って絹の刺繍絵をめくって壁を叩いたり、屏風の後ろを覗いたりしてみたが、秘密の脱出路などはなさそうだ。

「……あるわけないか」

腰に手をあて、寧寿は溜息をついた。窓に頭を押し付けてよくよく見れば、外側には鉄格子が嵌まっていた。ここはある種の牢獄《ろうごく》なのだ。おそらくは身分の高い女性用の。

じたばたしても仕方がないわ、と牀榻《ベッド》に腰を下ろす。ぱたり、と豪華な夜具に倒れて寧寿は呟いた。

「玉藍さまが脱出なさってよかった」

この目で無事を確かめられなかったのは残念だが、玉藍が敵の手を脱したのは喜ばしいことだ。囚《とら》われていては、たとえ玉藍に忠実だとしても禁軍は動きが取れない。

玉藍さえ無事ならば煌国は大丈夫。伝国の印璽を持っているのは彼だ。今でも彼はこの国の正統な皇帝。彼がいる場所が、すなわち宮城となるのだから――。


どれくらい経ったか……。扉のほうから物音が聞こえ、ハッと寧寿は身を起こした。

門をふたつばかり外す音がして双扉が開く。そこにいたのは見たこともない若い男だった。

豪華な長衣をまとい、黒髪を頭頂部で髷に結っている。

男は無造作に牀榻《ベッド》に歩み寄ると、値踏みするようにじろじろと寧寿を睨《ね》め回した。

「……ふぅん。おまえが玉藍の女か」

この国の皇帝を偉そうに呼び捨てられ、眉を吊り上げる。

「誰ですか、あなたは」

答えの代わりにいきなり平手が飛んだ。

「口の利き方に気をつけろ！　卑しい雌犬め」

じんじんする頬を押さえ、男を睨み付ける。顔かたちそのものは整っているにもかかわらず、度を越した尊大さでどこかゆがんで見えた。黒い瞳は澱《よど》んだ沼を思わせ、鈍い妖光がどろりと瞬く。

何かしら病的なものが男から漂いだしていた。それは生理的な嫌悪を呼び起こし、不快さで肌がぞわぞわする。

男は軽く身をかがめ、寧寿の顎を掴んだ。

「確かに見てくれはなかなかだ。馬に跨がって草っ原を駆け回っている蕃族の女など、美女と言ってもたかが知れてると思ったが……。さほど日焼けもしておらぬし、きれいな肌だ」

無我夢中で手を払いのけると、男の目に狂気じみた憤怒が瞬いた。いきなり襟元を掴まれ、力任せに開かれる。

「やっ……！」

「ほう。むちむちと豊かな胸をしているではないか」

突き飛ばそうともがいたが、牀榻《ベッド》に押し倒され、馬乗りになってぎゅうぎゅうと胸を絞られた。

「色事にとんと関心を示さなかった彼奴《あやつ》が夢中になるくらいだ、よほどいい身体をしているのだろうな。日頃から馬を乗り回しているゆえ、あそこの肉が旨《うま》い具合に締まっているのか」

卑猥《ひわい》な言葉を吐きながら無理やり帯を引っ張る。寧寿は男の肩を押し戻そうと必死に暴れた。かなり上背はあるものの、掴んだ肩は薄くて手応えがない。鍛練どころか箸より重いものを持ったことがなさそうな体つきだ。

渾身の力で男を突き飛ばし、膝頭を撥ね上げて男の腹部を蹴る。男がひるんだ隙に飛び起きて戸口へ走ったが、あと一歩のところで髪を掴まれてしまった。

「おとなしくしろ！」

床に引き倒され、こめかみを打ちつけて一瞬気が遠くなる。その隙に男は裳裾を乱暴にめくり上げ、白桃のごとき臀部を剥き出しにした。

「いい尻だ。雌犬にふさわしく四《よ》つん這《ば》いで犯してやる」

尻朶を掴んで割り広げられ、後ろの窄《すぼ》まりから秘処まで一気に暴かれる。

「やぁっ！　離してっ」

蹴飛ばそうともがいても、うつぶせの体勢ではうまくいかない。体格は貧弱なくせに、男は抵抗を躱《かわ》すすべを妙に心得ている。こんな無体を働くのが初めてではないのだ。

ますます嫌悪と怒りが沸いて激しく足をばたつかせる。男は舌打ちして荒々しく寧寿の尻を押し上げた。

「彼奴の目の前で犯してやりたかったが仕方がない」

剥き出しになった股間におぞましいものが押し付けられ、全身に鳥肌が立つ。怒張した肉槍《やり》が固く閉じた門扉をこじ開けようとした瞬間。鞭《むち》のごとき厳しい声音がぴしりと空を打った。

「おやめなさい」

床に這いつくばりながら必死に顔をあげると、食事の載った盆を両手で掲げた戻爹が戸口に立っていた。氷のように冷ややかな碧眼が男を見据える。

ぎくりと動きを止めた男は、気を取り直してふてぶてしく笑った。

「黙って見てろ。貴様にできないことを代わりにやってやる」

戻寥は手近な小卓に盆を置き、つかつかと歩み寄った。いきなり腕を掴んでねじ上げられ、男が悲鳴を上げる。

「関節を外してあげましょうか?」

「や、やめろっ……」

「心配いりません、すぐに戻してさしあげます」

厭な鈍い音と男の悲鳴が上がった。戻寥は冷淡に男を突き放し、這いつくばって呆然としている寧寿の裳裾を直して抱き起こした。

我に返って胸元を掻《か》き合《あ》わせる。戻寥は寧寿を牀榻《ベッド》に座らせると、脱臼の痛みにわめき散らす男に向き直った。

「その程度の我慢もできないのですか?」

「うるさいっ。早く戻せっ」

男はなりふり構わず戻寥を怒鳴りつけた。そのさまは癇性《かんしょう》な幼児そのものだ。戻寥は黙って眉を上げ、無造作に関節を嵌めた。その衝撃で男はさらに怒声を張り上げ、口汚い罵り言葉を吐き散らす。

「今後、こちらへの勝手な出入りはご遠慮ねがいます」

「俺は皇帝だぞ⁉　どこに出入りしようが、宦官ふぜいに文句を言われる筋合いはない!」

「今のところあなたはただの皇族であって、皇帝ではありません」

「貴様がしくじったせいだろうがっ。貴様が玉璽を持ち帰っていれば、今頃俺は帝位に返り咲き、彼奴《あやつ》めを大逆罪で四つ裂きにしてやれたのに……！」

「それについてはただちに次善策を講じました」

「そもそも貴様が彼奴に加担して本物の玉璽を持ち出したりするからだ！　この、日和見の腐れ野郎！」

「そのときどきで最善と思うことをしているだけです」

悪びれもせず平然と返す戻寥を、男は憎々しげに睨み付けた。

「貴様らは俺たちに従っていればいいんだ！　よけいなことなど考えるなっ」

「御意」

あからさまな侮蔑をさらりと受け流し、戻寥はうやうやしく拱手した。男はなおも執拗《しつよう》に罵《ば》詈《り》雑言《ぞうごん》を浴びせかけ、乱れた長衣の裾を尊大にひるがえして沓音も荒々しく出ていった。

戻寥は寧寿に向き直ると丁寧に一揖した。

「申し訳ありません。まさか自らここにやって来るとは思わず。……赤くなっていますね。ご無礼いたします」

落ち掛かる髪を払い、打たれた頬を確かめて眉をひそめる。

「誰なの？　あの人」

戻寥は盆の上から清潔な濡《ぬ》れ布巾《ぶきん》を取り上げ、赤くなった頬にそっと押し当てた。

「……玉藍さまの異母兄《あにうえ》、飛湍《ヒタン》さまです」

「え⁉　じゃあ、あの人が――？」

「はい。前皇帝です」

あんな人が⁉　と愕然《がくぜん》とする。戻寥は布巾を折り返して冷えた面を当て直した。

「お腹が空いたでしょう。お食事をお持ちしましたので召し上がってください。厨房《ちゅうぼう》にいて飛湍さまのご乱行に気付くのが遅れ、まことに申し訳ありませんでした」

小卓から取り上げた盆を部屋の中程にある飾り彫りの施された卓子《テーブル》に置き直す。椅子を引いて促され、寧寿はむっつりと立ち上がった。

湯気を上げる卵粥、肉団子と野菜入りの湯《スープ》、瓜の酒粕漬けなどが並んでいる。疑わしげにじろじろと眺める寧寿に戻寥は苦笑した。

「毒も薬も入っていませんからご安心ください」

「あなたの言葉はもう信用できないわ」

「ならば毒味させていただきましょう」

戻寥は予備のれんげを取り、お粥を少し掬って口に運んだ。湯《スープ》の肉団子もひとつ食べる。その様子をじっと窺い、寧寿は肩をすくめた。

「妙なものは入れてないみたいね」

「ご納得いただけましたか」

頷いて寧寿は卵粥を食べ始めた。溶き卵のふわっとした食感。貝柱の出汁《だし》が利いている。

「……美味しい」

ぽつりと洩らすと戻寥は静かに微笑んだ。

「玉藍さまがお小さい頃、よく作ってさしあげたものです」

「え。これ、あなたが作ったの⁉」

「料理は得意なほうでして。本来の厨房は遠くて御前に運ぶまでに冷めてしまいます。温かいものはできるだけ温かいうちに食べていただきたいですし、私ども近侍が食事を作ってさしあげることはよくあります」

根菜入りのふんわりした肉団子は、口に入れると旨味のある肉汁があふれる。

（なんだかとても……優しい味わい……？）

高級食材を使っているからではなく、すごく心がこもっている気がする。

「……やっぱり、どうしてもわからない。あなたが玉藍さまを裏切るなんて」

「わかってほしいとは申しません」

「あなたの見た『夢』ってなんなの？」

戻寥は謎めいた笑みを浮かべた。

「貴妃さまにはおわかりにならないでしょう。少なくとも今はまだ」

「言ってくれなければ理解しようがないわ！」

憤然と言い返すと戻寥は卓子《テーブル》を離れ、お茶の支度を始めた。背を向けたまま彼は呟いた。

「……ここにはかつて公主さまがお暮らしでした。玉藍さまの父君の御世に」

「公主さま？」

「玉藍さまの叔母ぎみです。兄である皇帝の不興を買い、ここに幽閉された」

幽閉――。やはりここは牢獄だったのだ。

「そういえば、玉藍さまが以前そんなことを仰っていた気がするわ」

幽閉された原因はなんだったかしら……。だめだわ、思い出せない。

考え込む寧寿の前に、戻寥が静かにお茶を置く。居心地悪さを覚えつつお茶を飲んだ。すぐ差し向かいにいるのに、戻寥がひどく遠い。まるで実体のない幻を見ているかのよう。心許《こころもと》なくて、落ち着かない気分にさせられる。

「貴妃さま。私はね、賭けをしているのですよ」

またもやわけのわからないことを言い出され、寧寿は当惑しきって彼を見た。

「賭け？　誰と」

「天と」

ますます面食らう。賭けをしていると言いながら、なんの期待もしていないような表情にもとまどうばかりだ。

「はたして天は誰に味方するのでしょうね？」

「もちろん玉藍さまよ」

きっぱり言い返すと戾寥はかすかに目を瞠り、にっこりした。喜んでいるかのような表情に苛立ち、卓子《テーブル》を拳で叩く。

「いったい何を考えてるの⁉」

答えずに彼は食卓を片づけ始めた。お盆に食器を載せ、淡々と一揖する。

「後ほどお湯をお持ちします。軟膏もご入り用ですか？」

「けっこうよ。布巾だけ置いていって」

戾寥は未使用の濡れ布巾を卓子《テーブル》に置き、静かに房室《へや》を出ていった。

二重の門が閉められる音に荒々しく鼻息をつき、寧寿は濡れ布巾を頰に押し付けた。

それから数日、寧寿は閉じ込められて過ごした。身の回りの世話は戾寥自身がしてくれる。彼に従う宦官や宮女は何人かいるようだが、寧寿の前にはけっして姿を現わさない。そのように戾寥自身が気を配っている。

掃除が必要なときは別室へ連れて行かれ、済むまで時間つぶしに碁を打った。用いたのは例の隠し場所つきの碁盤だ。それもなんだか腹立たしい。

そういえば、連れてこられた直後に駆け込んできた宦官も声を聞いただけだった。それとなく尋ねてみたがやはりはぐらかされた。

「彼らはただ私に従っているだけです。野望も野心もない。……そう。彼らには何もない。夢も希望も、何もない者たちです」

「姿を見せないようにしているのは罰せられるのを防ぐため？　あなたが天との『賭け』に負けたときに」

皮肉のつもりで言ったのに、意を得たように微笑まれてムッとする。苛々《いらいら》しっぱなしのせいか勝負には一度も勝てなかった。以前と変わらず丁重な扱いをするくせに、勝ちを譲る気は一切ないらしい。

肩関節を外されて懲りたのか、前皇帝はあれ以来現れない。二度と会いたくもないが、それにしてもあんまりな人物だ。半分でも玉藍と血がつながっているなんて信じられない。

そう洩らすと、戻爹は碁盤を見つめたままぽつりと呟いた。

「小さい頃は、そんなにひどくもなかったんですが」

「仲はけっこうよかったと玉藍さまも仰っていたわ」

「太皇太后さまが、もっと早く亡くなっていればよかったのかもしれません」

「亡くなられたの⁉」

「寝込んでおられます。宮城に戻ってこられた昂奮が過ぎたようで、卒中の発作を起こしましてね。そのせいで飛湍さまはますます焦っておられるのですよ。今までずっと母君の指示に従ってきて、ひとりではどうしていいか見当もつかないのです」

戻寥の口調は冷ややかで嘲りを隠そうともしない。

「そんな人にどうして味方なんか……」

「そんな人だからこそいいのです。太皇太后さまは回復なさったとしても完全に元通りになる見込みはありません。飛湍さまは振る舞いは粗暴だが、その実たいへん気が弱い。首尾よく重祚《ちょうそ》したところで自分でも何も決められません。万事都合よく誰かに決めてもらって、自身はのらくらと遊び暮らしていたいのですよ」

「最低！　暗君もいいとこじゃない」

「飛湍さまがふたたび権力を握れば、帝国存亡の危機に陥るのは時間の問題でしょうね」

「それが狙い？」

「まさか」

パチリと碁石を置いて戻寥は微笑した。

「この世はいつも天下太平であってほしいと願っていますよ」

「だったら暗君を陰から操って自分が権力を握るとか？」

「それも悪くないですね」

「茶化《ちゃか》さないで！」

怒鳴っても彼は碁盤を眺めたままだ。

「どのみち宦官は日陰の存在ですから。——はい。私の勝ちです」

「また⁉︎」

「貴妃さま、全然身が入っておられませんよ」

「当然でしょ！　玉藍さまがどうなさっているのか心配でたまらないんだからっ」

「皇上でしたら離宮に無事お戻りです。ご安心を」

「本当⁉︎」

「ええ。李貴妃さまを返してほしければ本物の玉璽を持ってくるようにと遣いを出しました」

しれっと言われて絶句する。戻寥は碁盤を片づけながらにっこりした。

「早く来るといいですね」

「……来ないわよ！」

「いいえ、来ます」

確信を持って戻寥は断言した。

「必ず来ますよ。というか、あなたの不在を知るや否や引き返したんじゃないですかね。むしろそちらのほうが心配です。また行き違いにならなければいいが」

コツコツと房室《へや》の扉が叩かれる。

「掃除が済んだようです。いましばらくご辛抱を。そろそろ返書が届く頃合いです」

元の豪華な牢に戻され、閂のかけられた朱塗りの双扉を寧寿は憤然と睨み付けた。

その夜、夕食を運んできた戻豸は食後のお茶を出すとおもむろに告げた。

「玉藍さまから返事が届きました。今夜、伝国璽と貴妃さまの交換を行ないます」

「そんな交換には応じないわ」

頑として突っぱねると戻豸は苦笑した。

「あいにく取引に応じるかどうかを決めるのは玉藍さまでして」

「皇上にご迷惑をおかけするくらいなら死にます」

べっと突きだした舌に歯を立てる。戻豸は眉間にしわをよせて嘆息した。

「勇ましいことだ。しかしね。伝国璽は機会さえあればいずれ取り戻すこともできるでしょうが、いったん死んだら二度とは生き返れないのですよ？　玉藍さまのご性格として、はたしてどちらを選ばれるでしょう。夫婦ならわかりそうなものですが」

しぶしぶ舌をしまうと、しかつめらしく戻豸は頷いた。

「おおごとにしたくありませんので取り引きは内密に行ないます。あくまでこれは玉藍さまが不当に帝位を簒奪《さんだつ》し、天の怒りを買ったため病気になったと反省して自主的にお返しする……という筋書きです」

「猿芝居にもほどがあるわね！」

「戦になったほうがよいのですか？　大々的に禁軍を動かし、各地の軍隊を呼び集めて、この国がまっぷたつに割れて争えばいい、と？」

「そんなわけないでしょう⁉　戦争なんてまっぴらよ！　人がたくさん死ぬわ。誰かの大事なひとが、たくさん死んじゃうのよ！　そんなのいやに決まってるでしょう……⁉」

戻寥は翳りをおびた碧眼でじっと寧寿を見つめた。

「ならば玉藍さまがまちがった道を歩まぬよう、しっかりと支えてあげてください」

「あなたに言われたくないわ！　玉藍さまの信頼を裏切った、あなたなんかに……っ」

戻寥はハッとたじろぎ、眉根を寄せて微笑した。それはずいぶんと弱々しい笑みだった。

「そうでしたね。あの方にはもう私は必要ない。私の役目は終わった……。誤解しないでください、私はむしろ安堵したのです。もう大丈夫だと。寂しくはあっても満足していました。達成感もあった。それで気がゆるんだのかもしれませんね。そんなときに――」

唐突に言葉を切り、くっと唇を噛む。彼はうつむいてひっそりと笑った。

「――だから、こんな馬鹿な夢を見てしまったのでしょう。私が賭けに勝てば、むろんあなたにはひどく恨まれる。恨むのはどうぞ私ひとりに。それだけの罪を私は犯すのだから」

「どういう意味⁉」

「いずれわかります。結果がどちらに転ぼうとも、ね。――後ほど迎えの者をよこします」

そっけなく言い、戻寥はお盆を持って下がった。

真夜中過ぎ、顔の前に面紗《ベール》を垂らした宦官がふたりやってきた。ひとりは衛兵で剣と弓矢をおびている。武装していないほうが進み出て、全身をすっぽりと覆う黒い紗《うすぎぬ》をうやうやしく差し出した。

「これをお召しに……」

言い終わらぬうちに、いきなり宦官兵が同僚に飛び掛かる。押し倒された宦官は頭を床に打ちつけられてぐったりとなった。寧寿が唖然としていると、襲撃者は面紗《ベール》をパッと撥ね上げた。

「菊花⁉」

侍女は指を口に当て、振り向いて小声で叫んだ。

「いいわよ」

扉の陰から呂荷が走り出、跪いて何度も叩頭する。

「娘娘《ニャンニャン》、遅くなって申し訳ありません！」

「ご挨拶は後回し！　早くそいつを縛るのよ」

慌てて呂荷は袖口から紐を引っ張りだした。菊花は有無を言わさず自分の服を脱ぎ始める。

「お召し替えを！　さぁ、早く」

慌てて寧寿も帯を解いた。互いの服を慌ただしく取り替え、剣と弓矢もしっかり腰に下げる。

寧寿の顔の前に面紗《ベール》を下ろし、菊花は黒い紗《うすぎぬ》を頭からすっぽりとかぶった。

「指輪も貸していただけますか」

言われるままに大きな紅玉《ルビー》の嵌まった指輪を抜いて渡す。菊花はそれを自分の指に嵌めた。

そのあいだに呂荷は気絶した宦官を後ろ手に縛り、同様に足首も縛り上げて口に布切れを詰め込んだ。途中で意識を取り戻しそうになったところを「ごめんね」と呟いてもう一度頭を床にぶち当てる。改めて気絶した宦官をふたりがかりで衣装箱に押し込んだ。

「さ、わたしの手をとって、導いているように装ってくださいませ」

実際には菊花に導かれて殿舎の外に出る。提灯《ちょうちん》を掲げた宦官がひとり待っていた。菊花は指輪がよく見えるように少し手を高くした。離れたところに輿が据えられているのが月明かりで見てとれる。

「わたしが乗り込んだら輿の最後尾に付いてください。後は呂荷がご案内します」

戻寥の姿は見えないが、寧寿が――実際には菊花が――乗り込むと跪いていた四人の輿丁《こしかつぎ》はサッと立ち上がった。菊花に言われたとおり最後尾に付く。

輿が動き出すと後ろから裾を引っ張られた。振り向くと呂荷が唇に指を当てている。そろそろと後退り、植え込みの陰に隠れて窺う。輿丁たちは気付かないまま行ってしまった。

「――戻太監はどうしたの？」

「飛湍さまとご一緒です。……すみません、娘娘。僕、菊花といっしょに宮城にこっそり戻ったんですけど、戻太監に見つかるとまずいのでおおっぴらに動けなくて……。なかなか居所が掴めなかったんです。まさかこんなところにいるとは思わなくて。ここ、亡くなった公主さまの幽霊が出るって噂で……誰も近づかないんですよ――って、娘娘？　どこ行くんですか⁉」

植え込みから出て輿の後を付け始めた寧寿に、呂荷が驚いて追いすがる。

「菊花を放っておけないわ。偽者だとバレたら殺されるかもしれない。それくらいやりかねない人よ、あの飛湍さまって方は」

「だめですって！　門のところで羽林軍《しんえいたい》が待機してますから！　そちらと合流するようにとの皇上のお申しつけです」

「玉藍さまもそこにいらっしゃるの？」

「いえ、皇上は玉璽を持って取引場所に……」

「だったらわたしもそこへ行くわ」

邪魔ね、と呟いて寧寿は面紗《ベール》をむしり取って投げ捨てた。

木立のあいだにちらちら瞬く提灯を追って、足音を忍ばせ歩きだす。

「娘娘～！」

呂荷は半泣きで寧寿の後を追いかけた。宮城から四更《しこう》（午前一時ごろ）を告げる鐘が夜風に乗ってかすかに聞こえてきた。

「ひとりで来たのだろうな……!?」

疑わしげな異母兄の詰問に、玉藍はぶっきらぼうに応じた。

「見てわからんか」

後ろはゆるやかな起伏のある丘で、兵を潜ませられるような茂みなどない。宮城の北部に広がる草原に、彼らはいた。

事前に要求されたとおり玉藍が武器をおびていないのは満月の明かりではっきりしていたが、警戒した飛端は距離を取った上に戻寥を盾がわりに自分の前に立たせている。

玉藍は暗鬱な目付きで戻寥を見据えた。

「……珍しい恰好だな」

戻寥はうっすらと微笑んだ。肩当てのついた胸甲。磨かれた両胸の円護が妖しく月光を反射している。腰に長剣をおびてすっくと佇むその姿は、かつて彼が練達の剣士であったことを物語っている。

いや、今もそれは変わらない。彼はつねに鍛練を怠らなかった。院子《なかにわ》で黙々と修練に励む彼の姿をよく見かけたものだ。武器は御法度の内廷において木剣でこそあったが。

毅然とした立ち姿に彼の決意が見て取れる。

（すでに敵同士……ということか）

玉藍は少し離れたところに停《と》まっている輿《こし》に目を遣った。ここからでは乗っている女が寧寿なのか菊花なのかわからない。寧寿であればあんなふうにおとなしく座っているとは思えないから、菊花はうまくやったようだ。

安堵を封じ込め、ふたたび戻窭に視線を戻す。

「……窭よ。これは一体なんの茶番だ？」

彼の返答を待たず、イライラと飛湍が叫んだ。

「伝国璽は持ってきたか⁉」

玉藍は憮然と背中に手をやり、革帯に挟んだ小袋を取った。

「これのことか」

「投げてよこせ！」

癇《かん》走る声で怒鳴った飛湍は、焦りすぎたか喉に唾を絡ませた。

玉藍は、ちらと戻窭を見た。端整な唇に浮かんだ微笑が心持ち冷たくなった気がする。

（何を考えてる……⁉）

腹立ちのまま、異母兄に袋を放った。焦って走り出た飛湍はよろけそうになりながら袋を受け止め、慌ただしく中身を掴みだした。それは碁盤のなかに隠されていたものと寸分違わぬ印璽だった。

月明かりでためつすがめつした挙句、なおも疑わしげに戻窭に突きつける。

「本当に本物か？」

彼はまた咳をして、ぐいと口許をぬぐった。受け取った戻豸は印璽の判面をじっと見つめ、うやうやしく飛湍に差し出した。

「ご安心を。これこそあなたさまにふさわしい玉璽です」

飛湍は玉璽をひったくり、かすれた哄笑《こうしょう》を上げた。

「ふはは……っ。やったぞ！　今度こそ取り戻した！　これさえあれば、俺が煌曄帝国の皇帝だ……！」

昂奮のあまり激しく咳《せ》き込《こ》みながら、彼は血走った目で玉藍を睨んだ。

「皇帝は俺なんだ。最初から、な……！」

彼はよろよろと後退り、立ち木に繋いである馬に向かって走りだした。

「一度だけ見逃してやる！　次は殺すぞ!?　絶対殺してやるからな！」

「おい、兄上！　そいつは――」

腹立たしげに玉藍が怒鳴ると同時に、輿のなかにいた女が飛湍に飛びつく。悪態をついた飛湍は力任せに女を突き飛ばした。きゃっと悲鳴が上がり、とっさに玉藍は走り出した。

「寧寿!?」

飛湍はよろけながらも馬に駆け寄り、鞍に這いのぼった。向きを変えようとして激しく咳き込み、動けなくなる。異常を感じて玉藍は足を速めた。すれ違いざま、嘲るような戻豸の呟きが耳をかすめる。

「あなたにふさわしい——紛《まが》いものですよ」

苦悶《くもん》の声を上げて飛端が鞍から転げ落ちる。倒れ臥した女は漸う身を起こし、呆然としていた。紗《うすぎぬ》が外れ、菊花の顔が覗く。気付いた戻寥が「おや……」と感心したように呟いた。

「兄上！　どうした!?」

顔を覗き込んでぎょっとする。飛端は血走った眼球を飛び出しそうに見開き、青黒くふくれあがった舌を突きだしていた。

（毒……？）

狂おしく喉を掻きむしり、声にならない苦悶の呻きを上げて彼は絶命した。

「兄上……？」

呆然とする玉藍の背後で、菊花の金切り声が響く。

「危ないっ」

とっさに兄の腰から剣を抜き放ち、そのまま後方へ振り回す。激しい金属音がして、闇に火花が散った。

無我夢中で地面を蹴って飛びのき、膝立ちで剣をかまえながら玉藍は愕然とした。

「寥……!?」

抜き身の剣を下げて戻寥が低く笑う。

「結構。修練はさぼっていないようだ」

「なんのつもりだ、寥っ」

「申し訳ありませんが死んでくださいい、玉藍さま」

無感動に吐き捨て、ふたたび刃が一閃《いっせん》した。激しい鍔迫《つばぜ》り合《あ》いの末、双方飛びすさって睨《にら》み合う。

「……兄上に毒を盛ったな⁉」

「絶好の頃合いで効いてくれましたね」

「何故だ？」

「邪魔だからに決まってるでしょう」

軽口めいた返答とは裏腹の、ずしりと重い斬撃が打ち込まれる。

「俺も邪魔か！」

「残念ながら」

飄々と答える戻寥を、玉藍は激しく睨み付けた。

「伝国璽が目当てなら、とっくに手に入れてるだろうが！　碁盤に隠しておいたのは本物だぞ⁉　見ればわかったはずだ！」

「ええ、もちろん。飛湍さまに渡したくなかったのでね。嘘をつきました。あなたがたを争わせ、共倒れに持ち込みたかったのですが……、あいにくあなたは自力で脱出してしまった。念のため李貴妃さまをお連れしておいてよかったですよ。おかげで交換を持ちかけるという新たな筋書きを作れた。……いつのまにか入れ代わっていましたが」

地面に座り込んだままハラハラと成り行きを見守っている菊花を横目で見やる。菊花は飛湍に突き飛ばされたとき足を挫《くじ》いたらしく、毒づきながらもがいていた。

「……何故俺が邪魔なんだ」

「皇族だから……としか言いようがありません。皇位継承権を持つすべての皇族に消えてもらう必要がございまして」

「伝国璽を手に入れたところで、おまえに新王朝は作れないんだぞ⁉」

「そんなこと望んではいませんよ。私はある人を玉座に座らせたいのです。むろん、その資格を持った人をね。ただ、あなたや飛湍さまがいては無理なのです」

「誰だそれは⁉」

「さぁて。誰でしょうね」

「……っ、ふざけるな！」

憤激で玉藍の剣技が鋭さを増す。目まぐるしくふたりは切り結んだ。技倆では引けをとらなくても、剣のほうがそうはいかなかった。

玉藍が指示どおり丸腰で来たのは、戻寥が何か企んでいる——裏切ったのは見せかけで、なんらかの意図があるのだと信じていたからだ。

いざというときのため革長靴《ブーツ》に短剣を仕込んできたが、この状況では取り出す暇もない。ちょっとでも体勢を崩せばその隙を狙われる。戻黎の剣さばきに迷いは感じられない。まちがいなく殺す気だ。

(――くそっ!)

扱いづらい武器《えもの》に腹が立つ。飛湍の剣は宝飾品以外の何物でもなかった。刃はおしるしばかり。柄に黄金《きん》や宝石を多用しているせいで変に重く、均衡《バランス》が取れていない。

(こんなことなら鞘ごと振り回すべきだったな……!)

宝石を散りばめ黄金で飾った固い木製の鞘に収まっていたほうが、まだしも使い勝手がよかっただろう。

技倆《うで》で補い、どうにか持ちこたえているものの、おざなりな拵《こしら》えの刀身はすでに欠けはじめていた。見てくれだけで武器としてはまったくの駄物だ。

一方、戻黎の振るう剣は実用一点張り。飾り気がない代わりに無駄もない。

鋭い角度で斬撃が襲いかかる。かろうじて受け止めたが、それが限界だった。みしみしと刃が軋《きし》み、耳障りな音をたててぼっきりと折れてしまった。

全力で相手を押しやり、かろうじて剣禍を避けて転がる。勢いのまま跳ね起きて身構えたが、手にした剣はもはや三寸ばかりを残すのみ。

「皇上――っ」

起き上がろうともがきながら菊花が悲鳴を上げる。

（どうすれば……⁉）

歯噛みをした、その刹那――。

遠く背後から、凛とした声が響いた。

「伏せて！」

瞬間、頭をよぎったのはいつかの風景。同じく絶体絶命だったあのとき、同じ声を聞いた。

天下る雷《いかずち》のように鋭く、決然と。

戻篸が剣を振りかぶって襲いかかると同時に、玉藍はすっと身を沈めた。その頭上で何かが鋭く空を切る。

「ぐっ……！」

たまらず洩らされたうめき声に、重々しい金属音が続いた。勢いで前のめりになりながら視線を上げると、剣を取り落とした戻篸がよろめきながら足を踏ん張っていた。

右肩の鎧の接《つ》ぎ目に矢が突き刺さっている。端整な顔をゆがませて、ぎりりと戻篸は歯噛みした。

とっさに玉藍は彼の剣を拾い上げ、両手で構えて突きつけた。戻篸の唇が奇妙にねじれ、笑みのようなかたちになる。

「玉藍さま――っ」

「寧寿！」

弓を手に、宦官兵の装束をまとった寧寿が全速力で走ってくる。その後を呂荷が懸命に追っていた。ほっそりとしなやかな身体を、しっかりと玉藍は抱き留めた。

「どうしてここに⁉　呂荷とともに羽林軍《しんえいたい》と合流するよう命じたはずだぞ」

「自分だけ安全な場所で待ってなどいられません！　わたしと引き換えに、帝位の証である大事な伝国璽を渡すなんて、そんなの……っ」

玉藍は苦笑した。自分が持ってきたものこそ偽物だということを、寧寿は知らないのだ。走ったせいで乱れた黒髪を撫で、涙の浮かぶ目許にそっとくちづける。

「そなた以上に大切なものなどない。見捨てたりしたら、それこそ天に見放される」

ガシャンと鎧《よろい》の軋む音が響き、目を向けると戻寥が膝をついていた。彼は肩に突き刺さる矢に指を伸ばして皮肉っぽく微笑んだ。

「あいにくでしたね、貴妃さま。私は生きておりますよ」

「わざと外したのよ。二度と自分の矢で人の命は奪わないと誓ったの。天にね」

毅然と答えると、戻寥は嘆息まじりに苦笑した。

「むしろ、あなたの矢で首を射抜かれたかったな……。だがそれは贅沢というものでしょう。逆賊たる私には」

「寥……」

くっ、と唇を引き結ぶ玉藍に、彼は穏やかな視線を向けた。

「貴妃さまの仰るとおり、天は玉藍さまの味方でしたね」

戻亥は冴《さ》え冴《ざ》えと下界を照らす満月を見上げた。

その顔は憑《つ》き物《もの》が落ちたようにすっきりとして、すべてやり終えたかのような清々《すがすが》しささえ漂わせていたのだった。

第八章　無常空華《くうげ》

寧寿とともに宮城に戻ると、玉藍は夜明けを待たず廷臣を緊急招集した。

飛湍は慈悲を請うて戻ってきたものの先行きを悲観して服毒自殺……ということになった。

玉藍は自ら前皇太后の元へ赴き、それを告げた。父帝の皇后だった距《キョ》氏は、玉藍が寧寿に与えた殿舎を占拠していた。彼女はかつてそこの主だった。

宿願かなって宮城に戻ったとたんに倒れ、寝たきりとなっていた彼女は、豪奢な紅絹《もみ》の褥に横たわり、血走った眼球をぎろぎろさせて玉藍を睨んだ。

「飛湍には父帝弑逆の疑いもある。改めて調査の上、有罪が確定すれば遺骸は細切れにして荒れ地にばら蒔《ま》かれ、皇統譜から抹消される。当然、飛湍の在位はなかったことになる」

そっけなく告げると距氏は目を剥《む》いて呻いた。

「ち……ちがう……！　飛湍ではない……！　わ……妾《わらわ》じゃ……。皇上を弑《しい》し奉ったのは……妾なのじゃ……っ」

不自由な手を必死に揉み絞り、真実を打ち明けるから飛湍を除籍しないでほしいと元皇后は哀願した。玉藍はその場に書記を呼び、速記させながら告白を聞いた。

彼女は病床にあった先々帝に飛端を皇太子に復帰させるよう何度も頼んだ。しかし頑として聞き入れてもらえない。

皇帝は言った。『ひとつくらい正しいことをしなければ、彼女《あれ》に顔向けできぬ』と。

「――誰のことだ？」

「おまえの母に決まっておろうが」

憎々しげに元皇后は吐き捨てた。腑に落ちなかったが、玉藍は黙って先を促した。

飛端は皇帝の器ではないと撥ねつけられ、元皇后は屈辱と憤激でいっぱいになった。皇帝が身体の痛みを訴え、処方された鎮痛剤で眠り込むと、自分が尻に敷いていた緞子の小坐ぶとんを両手で力いっぱい夫の顔に押し付けたのだ。

その後、腹心の宦官に命じて飛端を皇太子の地位に戻すという偽の文書を作らせた。

ぐったりと目を閉じて横たわる前皇后は、一回り小さくなったようだった。かつて内廷で権勢を振るい、ことあるごとに玉藍の母を苛《いじ》めた人物だが、その姿には哀れを催す。とはいえ弑逆を告白したからには皇族待遇を続けるわけにいかない。

玉藍は彼女を内安楽堂に移すよう命じた。宮城の東北の隅にある建物で、罪を犯した女官や后妃が送られる、いわば女囚獄だ。処刑されるよりも、ここで終生飼い殺しにされるほうが彼女にはよほど堪えるだろう。

長くは保つまい……という予想どおり、元皇后は一月もせず息を引き取った。臨終を看取《みと》ったのは老いた婢《はしため》ひとりであった。彼女の遺骨は無縁墓に投げ込まれたが最後の願いは叶えられ、息子は皇族の霊廟《れいびょう》に祀《まつ》られた。

寧寿が皇后宮に戻ったときには、すでに隅々まで徹底的に掃除され、家具調度類も新品に替わっていた。

いずれ殿舎ごと建て直すつもりだと言い張る玉藍を、何もそこまでしなくても、と寧寿はなだめた。

玉藍は自室に寧寿を呼び、衛兵に命じて牢から戻寥を連れてこさせた。右肩に受けた矢傷は手当てされ、包帯で固定されている。身にまとっているのは粗末な麻の長衣で、吊《つ》ってある右腕を懐手して、頑丈な手枷《てかせ》で左手と繋がれていた。

人払いをして、床に跪く戻寥を肘掛け椅子からきつい目付きで睨む。寧寿はその様子を、やや下がった場所でハラハラと見守った。

「寥よ。我が伝国璽をどこへやった？　あの鍵は一体なんだ？」

玉藍が厳しく問い質す。苛烈な声音に寧寿は思わず息を詰めた。

碁盤に隠されていたのが本物だったのだと聞かされたときには、にわかに信じられなかった。

ますます戻寥の意図がわからなくなる。

ともかく元の場所に戻そうと仕掛けを開けてみると、玉璽の代わりに赤い房のついた鍵がひとつ置かれていた。

うつむいた戻寥の唇にかすかな笑みが浮かぶ。

「とある者に預けてあります。宮城の、外に」

玉藍が小さく唸《うな》る。戻寥はさらに頭を下げた。

「あの鍵は玉璽を入れた箱を開けるためのものです。ご心配なく。私の死後、即座に宮城に持参するよう申しつけてありますので」

玉藍は椅子の腕を拳で叩いた。

「理由《わけ》を話すまで死ねると思うな！　何故このような愚行をしでかした⁉」

「……夢を見たのです」

「たわごとは聞き飽きた」

戻寥はかすかに笑い声を洩らした。

「愚かしい、夢でした……。わかっていても、ただの夢想で終わらせたくなかった。最後にひとつ賭けてみようと思ったのです。いつまで続くかわからない、残りの人生を」

まっすぐに玉藍を見つめるその表情は、やけに晴れ晴れとしている。

「……話してくれ、寥。おまえのことは、もうひとりの父のように思っていた。おまえだって私を我が子のごとく思ってくれていたはず。それとも私の勝手な勘違いか？」

「いいえ、玉藍さま。仰るとおりでございます。私はあなたさまを息子のように思い、我が子に注ぐべき愛情を残らず注いでお仕えしました。そう、あなたさまを身代わりにして」

「身代わり……？」

「お話しする前に、ひとつだけお約束いただきたいことがございます」

「なんだ」

「伝国璽を預かっている人物は、それがなんなのかを知りません。何故私がそれを預けたのかも。ですから、その者を罰しないでいただきたいのです」

玉藍は戻寥を睨み付け、憮然と顎を撫でた。

「……本当に知らぬなら咎めはしない。正直に返還すれば褒美をやる」

「そのお言葉を信じてよろしゅうございますか」

「私に信用がおけぬと？　ふん、だったら寧寿が証人だ。――よいな、寧寿。戻寥の遣いとして現れる者が誰であろうと、私はけっして罰しない。相応の褒美をとらせ、五体満足で送り返す。二度にわたって命を救ってくれたそなたにかけて誓うぞ」

急いで寧寿は頷いた。

「は、はい。皇上のお言葉、確かに承りました」

「寧寿は近々皇后として立つことが内定した。皇后はその他の后妃とは一線を画す存在だ。その意見は皇帝といえど無下にはできぬ。安心するがよい」

　ぶっきらぼうに玉藍が言うと戻寥は枷《かせ》を嵌められた手で恭しく一揖した。

「ありがたき幸せ」

「これで後顧の憂いはあるまい。さぁ、ありのままに申し述べよ」

「どこからお話しすればよいか……。そうですね。何故このようなまねを……というご下問にまずは答えるべきでしょう。ごく単純なことです。――すべては我が子のため」

　予想もしなかった答えに玉藍が唖然とする。

「我が子……だと……？」

「私には子があるのですよ。血を分けた、本当の息子が」

　絶句する玉藍を見上げ、戻寥はやわらかく微笑んだ。

「そう驚かれることもないのでは？　私が宮刑に処されたのは成人後のことです」

「それは……そうだが……。しかし、ならばどうして今まで黙っていた⁉」

「ごく幼いうちに別れたきり、生死も定かではなかったのです。たとえ生きていても二度とは会えまいと諦めていました。それが、ある日突然、目の前に現れた。健やかな青年に育ち、私のことを父と呼んで、会いたかったと涙まで浮かべてくれた……！」

　戻寥は言葉を切り、こみあげるものを必死に抑えようと眉根を寄せた。小さく息をついて続ける。

「……驚いたことに、息子はどこかあなたさまと似通った面影がありました。いえ、驚くことはないのかもしれません。息子の母は、玉藍さま、あなたの叔母ぎみなのだから」

「な、に……!?」

「私が宮刑に処されたのは不義を働いたゆえ。皇帝の妹姫と正規の手続きを踏まずに婚姻関係を結び……、あまつさえ手に手を取って駆け落ちしたからなのです」


今から二十年以上前のこと——。西域・香沙《コウシャ》国の軍人であった戻豹は、朝貢使節団の護衛の任について煌曄帝国の京師《みやこ》、台雅《タイガ》へ上った。

皇城に出入りするうちに禁軍司令官の知遇を得た。腕を見込まれて武芸の指導官となり、帰国する使節団と別れて宮城に残った。

やがて時の皇帝に見込まれ、妹公主の護衛も任されるようになった。異国人の華やかな見た目を持つ彼を侍《はべ》らせることで妹公主の権勢を際立たせ、さらには煌曄帝国の領土の広さを示すのにちょうどいいと思われたのだ。

「……たおやかで美しい方でした」

言葉を切り、ふっと戻豹は微笑んだ。

「あれほど美しい人は、後にも先にも見たことがない。高雅な気品を漂わせながら、人柄は温かく、とても気さくな方でした。公主さまらしくおっとりしているかと思えば、幼子のように好奇心が旺盛で。……最初は私を珍しがってね。侍女が止めるのも聞かずに側まで寄ってきては、故郷や旅してきた土地の話を聞かせてほしいと無邪気にせがんだものです」

宮廷から出ることといえば微行《おしのび》で邑《まち》を探索するか、せいぜい離宮へ出かけるくらい。豪奢な鳥籠に閉じ込められた公主は、空を眺めては見知らぬ土地に吹く風を思い描いていた。

「いろいろな話をしました。沙漠に点在する緑湧池《オアシス》。青空に映える、色鮮やかな釉薬方磚《ゆうやくタイル》で飾られた宮殿。通りに建ち並ぶ、日干し磚《れんが》の家々。城市《まち》を襲うすさまじい砂嵐……」

漠々たる砂の海を越えて高地に入れば、緑なす草原が遥かに続き、雪を戴《いただ》く峻険《しゅんけん》な峰々がそびえたつ。まんまんと水を湛《たた》える静かな湖。そのほとりで羊を追い、馬や駱駝とともに移動しながら天幕《ゲル》で暮らす人々——。

とつとつと語られる各地の逸話に、公主は瞳を輝かせて聞き入った。頭の中で風景を思い描き、見知らぬ異国の人々の暮らしぶりを想像した。

「最初はただ、話をするのが楽しかった。やんごとない身分の姫君が、熱心に耳を傾けてくれるのが嬉しかったのです。だが、そのうちにあの人の美しい瞳に魅せられてしまった。黒曜石のような輝きを秘めた純真な瞳を、いつまでも見つめていたくて……」

公主も同じだった。やがてふたりは忍《しの》び逢《あ》うようになったが、密《ひそ》かな逢瀬《おうせ》は長くは続かなかった。皇帝である兄の命令で、公主の結婚が決まったのだ。

皇帝は同腹の妹を溺愛し、手許に置きたがった。そのため遠くへ嫁がせるのではなく、宮城の一角に住まわせて裕福な婿をあてがおうとした。

玉藍がとまどい顔で呟く。

「公主の婿は庶民であろうと抜きんでて見目麗しければ許されるものだぞ？　あるいは軍人の子弟とか……。おまえなら立候補できたのではないか？」

戻寥は皮肉な微笑を浮かべた。

「どちらにしてもまずは金持ちであることが前提です。もちろん血統もそれなりでなければ。私の蓄えなど皇帝からすれば吹けば飛ぶようなものでしかなかった。軍人あがりといっても両親ともに庶民で、名家とは程遠い。もしも私が香沙国の貴族ででもあれば、あるいは許されたかもしれませんが……」

当然ながら公主の婿に名乗りを上げる者はたくさんいた。貴族出身や、由緒ある素封家、上級士官など、いずれも富裕で野心まんまん。皇室と縁戚関係を結ぼうと廷臣に取り入り、宦官に袖の下を渡した。

結婚相手は自ら選ばせてほしいと公主は懇願したが、兄皇帝は聞き入れなかった。一番ふさわしい相手を選んでやると言い張り、結局自分にとって一番使い勝手がよさそうな大商人の縁者を選んだ。

それを知った公主は、承諾したふりをして兄を油断させ、戻寥とともにひそかに駆け落ちの計画を練った。戻寥は帰国するといって軍の指導官を辞し、実際、一度は旅立った。ひそかに戻ってきて隠れ家を用意し、宮城から抜け出した公主を匿《かくま》った。

「すぐに京師《みやこ》を出たように見せかけたのです。捜索隊が西へ——私の故郷へ向かうのを確認して、逆の東へ逃げました」

港町などの外国人が多く集まる界隈《かいわい》を選んでひっそりと隠れ住んだ。公主は粗末な衣服にも食事にも文句ひとつ言わなかった。当然、家事などろくにできなかったが、一生懸命覚えた。

「通訳や護衛の仕事で必死に稼ぎました。ほどなく婢《はしため》を雇えるくらいになり、息子も生まれて幸せでした。……とても幸せだった」

追手らしき姿を見かけることもなく、皇帝は妹を取り戻すことを諦めたのだろうと漠然と思い始めた矢先。前触れもなく、住まいのある街区をとりまとめる里正《りせい》が兵士に追い立てられて真っ青な顔でやってきた。

そのとき戻寥は仕事で外出しており、小さな家にいたのは公主と赤子、若い下女がひとりだけだった。瞬時に状況を察した公主は、婢《はしため》に赤子を託して脱出させた。兵士たちの気をそらそうとわざと大声で騒いだ。高飛車な言動で捕縛に来た兵士たちを当惑させ、汚い手で触れるでないと突っぱねた。

「ちょうど私が昼食に戻ってくる頃合いでしたのでね。事態を知らせ、逃がそうとしたのですが、間に合わず……。入り口にいた見張りの兵に見つかって、捕らえられてしまいました。さいわい、赤子だけは逃げおおせました。下女は学のない下層の出でしたが、良い娘でね。公主にとても懐いていたのですよ。彼女はとある船主に匿《かくま》ってもらいました。私はその船主をちょっと助けたことがありまして。危険を承知で恩に着てくれたのです」

それを知ることなく戻寥と公主は別々に京師《みやこ》へ護送された。公主は宮城の片隅に幽閉され、戻寥は宮刑に処されて浄軍に落とされ、過酷な重労働を課された。

やがて公主が儚《はかな》くなったことを、上司の宦官から知らされた。親切心からではなく、戻寥の絶望する姿が見たかったからだ。浄軍の長は性根のねじけた人物だった。

実際、戻寥は絶望した。愛しい公主の後を追おうとしたが、絶望の底で持ち前の反骨心が頭をもたげた。

権力者に踏みつぶされるまま死んでたまるか……！

なるほど煌曄皇帝は大帝国の支配者だ。しかしだからといって人の心は支配できない。権力を振りかざし、無理強いすることはできても、その心から生まれ出る感情を意のままに操ることなど誰にもできはしないのだ。

いつかきっと、あの身勝手で尊大な男に噛みついてやる。

そのために爪と牙を研ぎ続けるのだ。皇帝は妹を病的に溺愛していたくせに、意に背いて逃げれば怒り狂い、決して許さなかった。執拗に探し回って連れ戻したのは、妹の不始末で損なわれた権威と自尊心を回復させたかったからだ。

ねじけ上司は同僚から聞き出したことを事細かに話して聞かせた。皇帝は幽閉した妹姫を時折連れ出しては、最底辺の宦官に落とされた情人が鞭打《むちう》たれながら苦役に従事する様を無理やり見せていたという。

公主が滂沱《ぼうだ》の涙を流し、身も世もなくすすり泣くのを眺めては、あの男の人生を狂わせたのは他ならぬおまえなのだぞと囁いた。自分の勧める者を素直に婿に取れば、たまのつまみ食いくらい見過ごしてやったのに……と。

その言葉は公主の心をこなごなに打ち砕いた。残酷な兄を恨む以上に公主は自身を責めた。罪悪感は生きる気力を根こそぎ奪い取った。やがて食べ物も水も受け付けなくなり、衰弱して公主は死んだ。

「——あんまりじゃないですか」

戻寥の碧い瞳から涙がひとすじこぼれる。

「連れて逃げてとせがまれたのは事実です。でも、あの人は世間知らずのお姫さまだったんですよ？　悪いのは私だ。諄々《じゅんじゅん》と諭し、諫めるべきだった。あの人と別れ、ひとりで故郷へ帰るべきだったんです。そうすれば……たとえいっとき悲しんだとしても傷はやがて癒えたでしょう。少なくとも絶望の果てにあんなむごい死に方をすることはなかったはず」

戻寥はうつむき、引き結んだ唇をふるわせた。黙って聞き入っていた寧寿は瞳が濡れるのをこらえきれず、口許を強く押さえた。鼻の奥がずきずきするほど痛い。

間を置いて戻寥はふたたび低く話し始めた。

「あの人が亡くなってから私を支えていたのは復讐心《ふくしゅうしん》だけでした。いつか必ずこの地獄から這《は》い上がり、皇帝に一矢報いるという決意を支えに生きた。這い上がるためならどんなことでもしましたよ。上司や権力者に取り入り、汚らわしいことも、あくどいこともやった。それこそ最愛の人に愛想を尽かされるようなことでもためらわず」

才覚を活《い》かし、少しずつ地位を上げていった。妹姫を失った皇帝は戻寥にはもはやなんの関心も払わなくなっていた。

やがて戻寥の耳に、皇帝が西域出身の美しい舞姫に血道をあげているという噂が聞こえてきた。自分と同郷の者があの男の慰みものになるのかと思うとむかむかした。

しかし意外にも単なる火遊びでは終わらず、皇帝は舞姫を後宮に入れて美人の位を与えた。正式な后妃としたのだ。

身勝手な男の寵愛などいつまで続くか知れたものではないと冷ややかに見ていたある日のこと。突然、戻寥は御前に召し出された。憎悪を押し殺して跪き、叩頭する戻寥に、あっけらかんと皇帝は命じた。寵愛する胡妃の近侍となって仕えよ、と。

戻寥は寧寿を見やって微笑んだ。

「貴妃さまには以前お話ししたことがありますね」

「……出産後に気鬱になったお妃さまを慰めるよう命じられたと」

「そうです。実際、あの方は私を一目見るなり泣きだして抱きついてこられたのですよ。子どもみたいにわあわあ泣かれてね……。見慣れた同郷人の顔がよほど懐かしかったのでしょう。それまで後宮には胡人は他にいませんでしたから」

　玉藍が面はゆさを紛らすようなしかめっ面になる。

「母のことはよい。おまえが尽くしてくれたのはわかっている。――だからこそ納得がいかんのだ！」

　玉藍は椅子の腕を何度も拳で打った。

「何故いまになって復讐《ふくしゅう》を企む？　機会ならもっと前にあっただろうが。皇族を根絶やしにしたいなら、異母兄《あに》が玉座を簒奪したときこそ絶好の機会だったはず。前皇后は私を殺そうと暗殺者を送り込んでいた。寧寿のおかげで命拾いしたが、おまえが手を貸せばもっと前に成功していたかもしれん。私を始末してから異母兄《あに》の命を奪うこともできた」

「あの頃は、そのようなこと露ほども考えてはいなかったのですよ。何しろ息子と生き別れたままでしたから」

　玉藍はハッと身を乗り出した。

「そうだ。おまえの子を産んだのが私の叔母ならば、彼は従兄弟《いとこ》だ。直系男子が絶えれば公主の息子にも継承権が認められる」

「そう。たとえ私生児であろうとも、ね。同じことは直系男子にも言えますが、飛湍さまは皇子時代から大勢の妾妃をお持ちだったにもかかわらず男女ともに子はなかった。玉藍さま、あなたにもね。それとも隠し子に心当たりがおありですか」

「あるわけないだろう⁉　馬鹿を言うなっ」

玉藍が眉を吊り上げて怒鳴る。くすりと戻寥は笑った。

「あえて今まで申し上げませんでしたが、現在、煌曄帝国は皇位継承権を持つ人物がごくわずかしかいないという誠に憂慮すべき状況なのですよ」

「それは……知っている。廷臣たちが結婚をせっつく理由はそれだということくらい、わかっていたさ」

憮然とする玉藍に戻寥は頷いた。

「あなたさまの曾祖父《ひいおじいさま》の代に皇族同士で激しい諍《いさか》いがあり、大規模な粛清が行なわれた結果、皇族が極端に減ってしまった。……その事実が私の馬鹿げた夢想をふくらませたのです。あなたと飛揣さまさえ消えれば、私の子が——愛するあの方の忘れ形見が——この大帝国の玉座に座れる。私たちの幸せを無慈悲に押しつぶした、この国の……っ」

戻寥のやつれた美貌がゆがみ、泣き笑いのような表情になる。

「……あの子が私を訪ねてきたのは、寧寿さまがお輿入れ《こしい》になる少し前のことでした」

すでに話はまとまり、姫君の到着を待つばかりだった。戻寥は情報収集を主目的に玉藍が作った特務商会に顔を出した。責任者を仰せつかっており、定期的に訪れていたのだ。

そこに東部から出てきたという若者が面会を求めてきた。一目見て戻寥は驚いた。彼の仕える主——今では心から尽くしている玉藍に、どこか面差しが似かよっていたのだ。

若者は戻寥に黄金の腕輪をさしだした。こまかな彫金がほどこされ、瑠璃《ラピスラズリ》が嵌め込まれた腕輪は、かつて故郷で軍人をしていた頃、とても気に入ってなけなしの給料をはたいて贖《あがな》ったものだ。

戻寥はそれを愛する公主に贈った。公主は杉襦《ブラウス》の広袖に隠して肌身離さずそれを着けていた。駆け落ちするときも身につけてきた。持ち出した他の宝飾品は旅費や生活費の足しに売り払ってしまったが、それだけは決して手放さなかった。

「私は知らなかったのですが、公主は赤子を下女に預ける際、腕輪も一緒に持たせたのです。下女はそれを大切に隠し持っていた。息子は匿ってくれた船主の子として育てられました。下女はのちに船主の後添えとなり……ありがたいことにふたりとも誠心誠意、息子の世話をし、立派に育ててくれました」

成人し、本当の身の上を聞かされて息子は驚愕した。育ての親たちは、実の母親がどこかのお嬢さまで、身分の釣り合わない父親と駆け落ちしてきたことは知っていたが、まさか公主だとは想像もしなかった。

船主は商売をするうちに、都の商人で苑青という名の金髪碧眼で長身の西域胡人がいることを同業者の噂話から聞き知った。

港町で暮らしていた頃、夫妻は汐《セキ》氏を名乗っていたのだが、聞いた話では苑青なる男、どうも特徴が似ているようだ。実父でなくとも何か知っているかもしれない。

そう聞けば会いたくてたまらなくなり、養父の許しを得て京師《みやこ》へ来たという。

「……腕輪を出して彼は尋ねました。『これは父が母に贈ったものと聞いています。両親について、何かご存じではありませんか』と。知らないと言うべきだったのに、腕輪を手にしたとたん、言葉より先に涙があふれてしまったのです」

即座に青年は他ならぬ目の前の人物が父親だと悟った。

「──その瞬間まで私は安堵していました。ようやく玉藍さまがお妃を娶られた。きっと近いうちに跡継ぎもできるだろう、と」

息子の出現によって戻寥の心には嵐が生まれた。我が子を帝国の玉座に座らせたいという、それまで考えたこともなかった野望の嵐が。

そして思い知らされた。穏やかな日々のなかでいつしか埋もれていた復讐心は、けっしてすり減っても色あせてもいなかったのだと。

ふっ……と戻寥は苦い笑みを浮かべた。

「息子は私が宦官であることを知りません。とても言えなかった……。長いあいだ牢に繋がれていたと説明しました。恩赦によって自由の身となり、とある方のお引き立てで商売を任されているのだと」

「母親のことは？」

「さる大家の令嬢、とだけ。結婚を許されなかったので駆け落ちした、と。母親はすでに亡いと言うと、それ以上息子は尋ねませんでした。目に涙を溜めて、唇を噛んで……」

玉藍は深い溜息をついた。

「我が子を玉座に据えるためにしでかしたことだと？」

「是《はい》」

迷うことなく戻寥は頷いた。玉藍は眉を吊り上げ、椅子の腕に拳を叩きつける。

「何故言わなかった？　叔母上の子ならば当然それにふさわしい処遇を与えたのに──」

「不義の子ですよ？　たとえ愛の結晶であろうとも、私たちが律令《りつりよう》に背いたことは事実です。皇帝たる者がそんな身勝手なふるまいをしてよいとお思いか？」

戻寥はたじろぐ玉藍をキッと睨んだ。

「律令は皇室の祖が定めたもの。子孫であるあなたには、誰よりもそれを遵守する義務があるのです。皇帝が自分に都合のよいように律令を曲げたらどうなりますか。そんなこともわからぬ暗君にお育て申し上げたつもりはございません」

「しかし……」

「私にも自負心というものがございます。手塩にかけてお育てした方が正道を外れるのを見過ごすことはできない。……私はね、あなたさまの養育に関わることになったとき、誓ったのですよ。この皇子さまを我が子と思って誠実に育てよう。将来この子が玉座に着くのなら、その地位に誰よりもふさわしくなれるように。自分の欲のために利用したりは決してしないと」

絶句していた玉藍の顔がゆがむ。

「……利用するくらいなら、裏切ったほうがましだと……？」

「腐らせたくなかったのです。あなたが私の子に対して準皇族待遇を与えれば、司礼太監として私の権勢はますます増したことでしょう。そう……宦官としてはそれを望むべきだったのかもしれない。そうして少しずつ内側から屋台骨を腐らせ、帝国がゆっくりと傾いていくのを冷笑しながら眺めている。自分と身内だけは安全な場所を確保して……。でも、できなかった。それは自分の矜持と良心に対する裏切りだ。あの子に対しても。せっかく天の配剤で育ての親に恵まれ、まっすぐ育ってくれたあの子を、たわめゆがませることにもなりかねない。皇帝としてであればその立場にふさわしくあるように誰よりも身近で教え導くことができます」

「皇帝を意のままに操っていると、さぞかし悪評が立つだろうな！」

「人になんと言われようとかまいません。私はただ誠心誠意、皇帝にお仕えするのみです。あなたにそうしたように」

ぎりっと歯噛みをして玉藍は戻寥を睨み付けた。憤怒の視線をさらりと受け流し、戻寥は微笑した。

「しかしながら、皇帝として天が認めたのはやはりあなたさまであったようです。二度も絶体絶命に追い込まれながら、二度とも救われた。寧寿さまは天があなたに遣わした女神さまかもしれませんね。さしずめ天弓《てんきゅう》娘娘《ニャンニャン》とでもお呼びしましょうか」

寧寿は困惑して彼を見つめた。玉藍を殺そうとした男なのに、どうにも憎む気になれない。ためらいがちに尋ねる。

「……もしも『夢』が実現していたら……あなたは満足だった？」

わずかに目を瞠り、戻寥は苦笑した。

「後悔したでしょうね。きっと一生後悔し続けたと思います。……だから、よかったのですよ。これで気が済みました。唯一の心残りは息子のことだけ……。あれは本当に、何も知らないのです」

「事情を知らぬ者を巻き込むつもりはない」

腹立たしげに玉藍が言い放つ。

「だから、安心して――死ぬがよい」

寧寿はハッと玉藍を見た。青ざめた顔をこわばらせ、彼は固い声音で告げた。

「本来ならば大逆罪は四つ裂きの刑に処せられる。しかし今回のことは表向き、飛湍とその母后が皇帝を弑逆し、皇位を簒奪した事件の続きとして処理される。飛湍は自害し、元皇后の自白も取った。だが、おまえは私に刃を向け、斬りかかった。罪に問わぬわけにはいかない」

「当然です」

うやうやしく戻寥は頭を下げる。

「これまでの功績を鑑みて、なるべく苦痛の少ない——斬首とする」

寧寿は口許に手をやり、ふるえる唇をぎゅっと押さえた。憤懣《ふんまん》を抑えかねる口ぶりで玉藍は付け加えた。

「表向きは病死ということにしてやる。ありがたく思え！」

頭を下げたまま、戻寥は微笑んだ。

「格別のご配慮に感謝いたします」

玉藍は脇卓の上から小鈴を取り上げ、腹立たしげに鳴らした。ただちに現れ跪いて拱手する近侍に、ぶっきらぼうに命じる。

「その者を牢に戻せ」

近侍の合図で衛兵が現れ、左右から戻寥を挟んで引き立てた。うなだれたまま戸口へ向かった戻寥がふと足を止める。

「皇上」

「……なんだ」

かまわぬよう衛兵に合図しながら憮然と応じる。戻寥は向き直って深々と一礼した。

「今までのご厚情、心より感謝いたします。最後にひとつだけお許しいただきたいのですが……。私の反骨気性は、どうやら生まれ持ってのものらしゅうございます」

不審そうに眉をひそめた玉藍が、ハッとして戻篸を睨み付ける。涼やかな表情の戻篸と、悲憤に顔をゆがませる玉藍は、しばし無言で見つめあった。

「……好きにするがいい」

玉藍が怒ったように呟くと、戻篸はいっそう晴れ晴れとした顔で一揖した。

「ありがとうございます、皇上」

衛兵が戻篸を引き立てて去り、近侍も下がらせると玉藍は苛立ちもあらわに唸った。

「くそっ……」

「いまの、どういう意味ですか……？」

「知るか！」

おずおずと尋ねた寧寿に怒鳴り、彼は椅子の背に深くもたれた。顔を手で覆い、苦しげな溜息をつく。

「……すまん」

寧寿は席を立ち、玉藍の肩にそっと手を置いて身をかがめた。

「すまん、寧寿」

「いいえ」

囁いて抱きしめる。顔を覆ったまま、玉藍はギリリと歯噛みをした。広い肩が慟哭《どうこく》にふるえるのを、寧寿はいつまでも黙って抱きしめていた。

翌朝。玉藍と寧寿が差し向かいで朝食を取っていると、蒼白《そうはく》な顔の近侍がばたばたとやってきた。牢内で事切れている戻寥を牢番《ろうばん》が発見したという。

毒を呑んでの自死だった。入牢《にゅうろう》の際に身体検査をし、こちらで用意した衣服に着替えさせたのだが、どこかに隠し持っていたらしい。

報告を受けた玉藍の顔から、いっとき表情が消えた。彼はしばらく黙り込み、やがて平坦《へいたん》な声で『そうか』と呟いた。

近侍が下がると彼は黙ってお茶を飲み、何も言わずに出ていった。どこへ、とは寧寿は尋ねなかった。後を追うことも控えた。

卓子《テーブル》に置かれた茶碗をぼんやりと見つめる。いつか、戻寥が茶を出してくれたことを思い出した。慈父のような、彼の微笑みも。

涙があふれ、とめどなく頬を伝っていった。

戻寥が病死したと発表されて数日後。勅書を持った若者が拝謁を願い出た。案内してきたのは特務担当武官のひとりだ。引見は書斎で行なうこととし、寧寿にも同席を命じる。

脇扉からふたりが入っていくと、机のずっと手前に薄青の杉《さん》に濃い青の半臂を合わせた、まだ若そうな細身の男が額付いていた。

黒髪の頭頂部で髷を結い、葛巾《かっきん》で包んでいる。斜め後ろには焦げ茶色の盤領袍に長靴《ブーツ》姿の武官が手前に革箱を置いて跪いていた。

若者がうやうやしく両手で捧《ささ》げた黄紙の書類を、近侍が皇帝に取り次ぐ。小さく折りたたまれた書類を慎重に広げ、玉藍は無言で片眉を上げた。

「……確かに。かつて朕《よ》が戻寥に与えたものだ。隠密《おんみつ》行動中に廷吏に捕縛された場合、身の安全を図り、任務に必要な範囲で権力を与えるため、皇帝勅任の調査官であることを保証した。

──そこに戻寥の直筆で、助手としてひとつの名前が書き加えられているな。戻忱《レイ・シン》……そのほうの名か」

若者は無言のままさらに平身低頭する。

「顔を上げよ。直答を許す」

穏やかな声に若者がおずおずと顔を上げた。玉藍よりいくらか年上かと思われるその若者は、緑がかった茶色の優しい瞳をしていた。端整な容貌には、まぎれもなく玉藍と共通する面影がある。

「……そなたが戻寥の子か」

まじまじ眺めながら玉藍が呟くと、若者はうっすらと頬を紅潮させた。

「はい。戻寥が一子、戻忱と申します」

緊張した声で答え、青年は拱手した手をうやうやしく掲げた。

「そなたのことは寥から聞いていた。……もっと近くへ」

戻忱は一揖して膝を進め、ふたたび叩頭した。

「恐れながら申し上げます。本日は父より預かりました品物を、皇上にお返し奉りたく参上いたしました」

「うむ」

重々しく玉藍は頷き、控えている武官を視線で促した。武官が漆塗りの革箱を捧《ささ》げ持《も》ち、一礼して机の上に置く。箱の四方には封印紙が貼られていた。

「綿密に確認いたしましたが、封印が剥《は》がされた跡はいっさいございません」

机の抽斗から小刀を出して封印を切る。正面の封印をむしると鍵穴が現れた。

玉藍はおもむろに襟の合わせから鍵を取り出した。碁盤の隠し場所に玉璽の代わりに置かれていた鍵だ。

差し込まれた鍵がカチリと鳴る。

蓋を開け、玉藍は両手で箱のなかを探った。寧寿の位置からは見えないが、玉藍の表情からして目当てのものはきちんと収められていたようだ。

「……確かに受け取った」

箱の蓋を閉じて告げると、戻忱はホッとして深々とお辞儀した。近侍が戻忱に歩み寄り、錦の小袋を差し出す。なかに詰まっているのは銀粒だ。

戻忱は驚いて玉藍を見上げた。

「私めはただ父の命令に従っただけでございます」

「よい。褒美だ」

真っ正直な反応に微笑する。

「——ときに、忱《シン》よ。朕《よ》とそなたは顔立ちが似かよっておるとは思わぬか」

戻忱は目を瞠り、焦って平伏した。

「お、恐れ多いことでございます！」

「戻爹は幼き頃より朕《よ》によく尽くしてくれた。いつも身近にあって学問や武芸や、これまでの人生で見聞きしてきた様々なことを教えてくれた。私にとっては師父のごとき存在だ。それも朕がそなたに——実の息子に似ていたからであろう」

ますます恐れ入る戻忱を、玉藍はすまなげに見つめた。

「朕《よ》はそなたから父を奪ってしまったのだな……」

苦渋に満ちたその声に寧寿は胸が痛くなった。真相を知るよしもない戻忱は、感極まった様子でかぶりを振る。

「とんでもございません！　父は皇上をお育て申し上げ、お側で仕えられることを誇りに思っておりました。皇上について語るとき、父の顔は輝いておりました。そんな父を誇らしく感じながら、私はつい妬《や》いてしまったものでございます。——こ、これは大変なご無礼を」

額を床に擦りつける戻忱に、玉藍は温かなまなざしを注いだ。

「戻寥が朕《よ》を可愛がってくれたのは、そなたに似ていたからに相違ない。朕《よ》を通していつも戻寥はそなたを想っていたのだ」

「もったいなきお言葉にございます」

平伏した戻忱は、顔を伏せたまま呟いた。

「……父が宦官であることを私は知りませんでした。死の知らせとともに、初めて知ったのです。それまで私は、ほんの少し……父を恨めしく思う気持ちがなくもありませんでした。生きていたのなら、どうして会いに来てくれなかったのかと。探し出す手筈《てはず》はあったはずなのに、と……。父が宦官であったと知り、その理由がわかったように思います」

「戻寥は、けっしてそなたを忘れていたわけではないぞ」

「はい。母の形見の腕輪を見せたとたん、何か言うより先に父は泣きだしましたから……」

戻忱は袖口でさっと目許をぬぐい、改まって頭を下げた。

「恐れながら、皇上にお願いしたき議がございます」

「申してみよ」

「父の亡骸《なきがら》を引き取らせていただけないでしょうか。宦官は火葬されたのち、ただ遺灰を穴に投げ込まれると聞いております。お許しいただけるならば、ささやかながら父のために法要を営み、骨灰を故郷に持ち帰りたいと存じます」

「香沙国《コウシャ》にか」

「はい。生前、父がふと洩らしたことがあったのです。いつか母と私を伴って故郷に戻りたかった……と。ですから私が父の遺骨と母の形見の腕輪を持って訪ねてみようと思います」

玉藍は黙って何度か頷いた。

「家族の申し出があれば、むろん引き取ってかまわぬ。道中安全のため警護もつけよう。我が師父の遺骨が故国へ無事たどりつけるように」

戻忱は何度も叩頭して謝意を表した。

「今後はどうするつもりだ？　養父のもとへ戻るか」

「できることなら父が皇上より賜りました任務を引き継ぎとうございます。もちろん私ごとき未熟者においそれと勤まるとは思いませんが……。父が代表を務めておりました特務商会で引き続き見習いとして働かせていただければ、と」

「許す。ただし、重要な仕事ゆえ戻寥の子とて特別扱いはしない。そなたが仕事に必要な力量を示すことができれば、ふさわしい待遇を与えよう」

「誠心誠意、あい努めまする」

戻忱は拱手して深々と頭を下げた。玉藍は付き添いの武官に命じた。

「戻忱を浄楽堂へ案内せよ」

浄楽堂というのは、宦官や身寄りのない女官を荼毘《だび》に付す場所だ。今はそこに戻寥の仮棺が安置されている。

何度も叩頭して戻忱が退出すると、戻寥は近侍もすべて下がらせてふたたび革箱の蓋を開いた。中身を取り出して机に置き、寧寿を招く。

「ごらん」

机に歩み寄ると玉藍はひょいと寧寿を膝に載せ、幾重にも包まれた絹布を開いた。そこには素晴らしい竜の彫刻のついた翡翠の印璽があった。

「……本当に本物ですか?」

玉藍は印璽を逆さにして判面を示した。

「ここに小さなひび割れがあるだろう? このせいで判を捺すと爪で引《ひ》っ掻《か》いたような跡が出る。これを竜印と見做し、天が皇帝に地上の支配権を認めた証——ということにしたのだよ」

彼は机の抽斗を探り、黒漆塗りの小函《こばこ》を取り出した。なかから出てきたのは例の偽物だ。

並べたふたつの玉璽をまじまじと眺め、寧寿は溜息をついた。

「とても見分けがつきません」

「私だって判面をよくよく見ないとわからないさ。いにしえの皇帝が複製を造らせたと言われているが、そもそも同じ石からふたつ造られ、片方が行方不明になっていたのが出てきたのだありそうな話だ」

という説もある。これだけ同じ色味でムラのない琅玕翡翠《ろうかん》はそうそうないから、後者のほうが

「どうして瑕《きず》のあるほうが本物なのでしょう？　こちらは文字通り完璧なのに」

「そうだな。人は完璧ではないから……ではないかな」

考え深げに玉藍は呟いた。

「むろん天子たる皇帝は完璧であるべきだが、人間である以上やはり神のようにはいかない。しかし、この世の最高権力を握っていると、そういうことは忘れがちだ。ゆえに、瑕のある印璽を捺すたびに、自分に問いかける必要があるのではないだろうか。自分は天の許しを得てこの地上を支配する者として、きちんとやれているのか……と。つねに自分に問うことを忘れてはいけないのだと思う」

玉藍はしばし沈黙し、ふと眉をひそめた。

「元皇后の距氏を尋問したとき、父上が洩らしたという言葉を聞いたのだが……」

「なんと仰ったのですか？」

「『最後にひとつくらい正しいことをせねば、彼女《あれ》に顔向けできん』と。距氏は『彼女《あれ》』を私の母だと言ったが、どうも違う気がする」

「では、どなたのことだと……？」

「妹……ではないかな。裏切られた腹いせに冷酷無残な扱いをしたことを、父上は悔いておら

れたのかもしれない」

寧寿は黙ってふたつの玉璽を見つめた。

「……瑕のあるほうが、だんぜん凛とした佇まいに思えますわ」

ふっ、と玉藍が笑う。

「そうか？」

「はいっ」

きっぱり頷くと、玉藍は嬉しそうに寧寿を抱きしめた。

「我が守護神たる天弓娘娘のお達しだ。ますます心せねばならぬな」

「もう、玉藍さまったら……」

玉藍は清々しく笑い、赤くなる寧寿の頬に愛おしそうに唇を落としたのだった。

終章

一年後――。

さらに優艶さを増した華麗なる皇后宮で、寧寿は先刻から立ったり座ったりを繰り返していた。

「皇后さま、少しは落ち着かれませ」

呆れたように菊花に言われ、寧寿は顔を赤らめて紫檀の榻《ながいす》に腰を下ろした。

「だって五カ月ぶりなのよ？　お変わりないかどうか心配だわ」

「皇上は無事にお戻りになり、ただいまお召し替えをなさっています。晩餐《ばんさん》はこちらにて皇后さまとふたりきりで取るとお申しつけです」

「待ち遠しいですよね、娘娘《ニャンニャン》！　皇上もきっと同じお心持ちに違いありません」

呂荷がわくわくと瞳を輝かせる。この一年でずいぶんと背が伸びて、もちまえの中性的な美しさにも磨きがかかったが、性格のほうは相変わらずいたって暢気《のんき》だ。

鳳凰を彫刻した朱塗りの双扉の向こうから、美声自慢の宦官が朗々と告げる声が響く。

「皇上の御成りにございます」

弾かれたように寧寿は立ち上がった。侍女たちが左右からうやうやしく扉を開く。竜の刺繍された錦の袍衫に身を包んだ美丈夫が威風堂々と入ってきた。肩幅の広い長身を目にしただけで胸が高鳴る。

玉藍は大股に歩み寄り、寧寿の顔を覗き込んだ。

「いま帰ったぞ」

とっさに声が出ず、唇をふるわせながら頷く。じわりと瞳が潤み、たまらなくなって抱きついた。

「お帰りなさいませ！　よくぞご無事で……っ」

玉藍は笑って寧寿の背中を叩いた。

「当然だ。我が国の兵のみならず、そなたの故国の兵士たちにも守られていたのだぞ？」

伝国璽をめぐる騒動が収まって安堵したのもつかのま、今度は帝国北東部で騒乱が起きた。帝国の支配をきらう蕃族が匪賊《ひぞく》どもと結託していくつもの城市《まち》を荒し回ったのだ。

ついにはとある城市《まち》を占拠し、京師《みやこ》から派遣されていた官吏を惨殺した。帝国の威信にかかわる大事とみなした玉藍は、担当の都護府に早期鎮撫《ちんぶ》を命じる一方、領域を接する鵜国にも援護の派兵を命じた。

その首尾を自ら確認し、合わせて北方辺境に睨みをきかせるため、玉藍は親征を決意した。

戦闘行為そのものではなく帝国軍の威容を示すのが目的とはいえ、正規の軍事遠征である。途中で戦となってもおかしくない。

定期的に遣わされる早馬の知らせによれば、玉藍がかの地に到着するころには奪還戦はほぼ終息していたそうだ。

辺境を視察し、壊れた防壁や監視塔の修理を命じた後、玉藍は皇后の母国である鵜に立ち寄った。鵜国王・燕晶は改めて煌曄皇帝に臣下の礼を取り、玉藍は彼に帝国客将位を授けた。

「そなたの弟妹たちにも会ってきたぞ。みな元気だ。手紙やみやげを預かってきている」

「まぁっ」

顔を輝かせる寧寿に頷きながら玉藍はそわそわと尋ねた。

「ところで……。あれはどこだ?」

微笑んだ寧寿が合図すると、頷いた菊花がひとりのふくよかな女官を連れてきた。女官はぽっちゃりした腕に、白絹のおくるみに包まれた赤子を抱いている。

玉藍は白皙の美貌を紅潮させて赤子の顔を覗き込んだ。

「おお……。なんと愛らしい!」

乳母の手から赤子をそうっと受け取り、玉藍はうわずった声で呟いた。

「私の息子か……!」

「皇上によく似ておられますわ」

如才なく菊花がお愛想を言うと玉藍は満面の笑みでうんうんと頷いた。

「口許は寧寿に似ている。目の辺りは私かな」

皇帝の威厳はどこへやら。にこにこと笑み崩れる父親の顔を、稚《いとけな》い皇子がきょとんと見上げる。と、見慣れぬ人におびえたのたか、くしゃくしゃと顔をゆがませて泣きだしてしまった。

おろおろと玉藍は赤子を揺すった。

「どうしたどうした、おまえの父だぞ？　笑っておくれ、かわいい子」

「驚いたのですわ。初めてお父さまを見たのですもの」

しょんぼりする玉藍の手から、寧寿が赤子を受け取ってあやす。ぐずっていた赤子はとたんに笑顔になり、小さな手を母親に向けて伸ばしながらキャッキャと笑った。

「やはり母親にはかなわんな。これからは毎日抱いてあやしてやらねば」

「ぜひそうなさってくださいませ」

寧寿は笑って玉藍を榻《ながいす》へ誘った。手前の小卓に呂荷が白磁の茶器を置く。自分でするからと、召使たちをみな下がらせた。

香片茶《ジャスミン》を一杯飲み干し、玉藍はしげしげと寧寿を見つめた。

「そなた、しばらく見ない間にますます美しくなったのではないか？　眩しくてたまらんぞ」

衒いもない言葉に赤くなる。

「そんな。変わりはございませんわ」

「いや、美しくなった。母親になったせいか、神々しさも増している」

「しばらくぶりで新鮮に思えるだけでしょう」

相変わらずまじめくさった顔でべた褒めされて、気恥ずかしさと嬉しさがないまぜになる。

紅潮する頬を指先で押さえる寧寿を、玉藍は愛おしげに見つめた。

「ここにおいで」

膝を示され、はにかみながら従うと、ぎゅっと抱きしめられた。

「ああ。懐かしい、そなたの香りだ」

髻の根元を押さえる細帯には彼の好む白檀《びゃくだん》と丁香《クローブ》を調合した香りが染み込ませてある。玉藍は寧寿の頤をそっとつまんで唇を重ねた。

触れ合った瞬間、ぞくんと内奥が疼く。やわらかで張りのある感触に、どれほどそれを恋い焦がれていたのか実感した。

しっとりと濡れた睫毛に玉藍が唇を押し付ける。

「泣くな」

「嬉しくて」

彼は微笑み、接吻を繰り返しながら優しく寧寿の頬を撫でた。

くすぐるように喉元を這い下りた手が桃金色の帯を解く。胸高につけていた若草色の長裙《スカート》がするりと落ち、真珠色の乳房があらわになる。紗《うすもの》の杉襦《ブラウス》越しに紅翡翠のごとき先端が、なまめかしく透けた。

「んッ……」

熱い舌が滑り込み、大きく胸を喘がせる。熱っぽく舌を吸いながら円を描くように乳房を揉みしだかれると秘裂の奥が痛いほどに疼き、無意識に胸を突きだす恰好になった。

くちゅくちゅと舌が絡み合う水音が淫靡に耳朶を撫でる。

玉藍は唇を合わせながら膝の上で寧寿の片膝を立てさせ、茂みの奥へと指を滑り込ませた。節高な男の指が蜜溜《だ》まりにとぷんと沈む。舌を吸いながら玉藍はふくみ笑った。

「もうこんなに濡らして。気が早いな。……だが、それは私も同じだ」

腿に当たる雄々しい昂《たかぶ》りに、ぞくりとふるえる。張り詰めた花芯を撫でた指が、ぬぷりと蜜孔に侵入した。軽く指を左右させただけで、あっさりと付け根まで呑み込んでしまう。

「ふ……っ、ん……、んぅ……」

鼻にかかった喘ぎ声が、重なった唇の隙間から洩れる。玉藍は片手で乳房を揉みしだきながらもう片方の手でぐちゅぐちゅと媚壁を掻き回した。挿入された指はすぐ二本に増え、繊細な襞を大胆に穿っている。

愉悦の涙が盛り上がる。唇を合わせながら寧寿は絶頂に達した。

ぐっと突き込まれた指が痙攣する襞を優しくくすぐり、繰り返し打ち寄せる絶頂の波に寧寿は陶然となった。

にゅる……っと重なった指が抜けていく感覚に、ぞくんと身体をふるわせる。玉藍は裙裳の裾をくつろげ、怒張した雄茎を取り出した。内腿に当たる熱棒の感触だけで、彼がどれほど猛っているのかわかる。

玉藍は寧寿の脚を広げて向かい合わせに座らせると、しっとりと汗ばむ尻朶を掴んだ。蜜口に先端を押し当て、ぐぐっと抉《えぐ》るように挿入する。

「ひぁ……っ」

彼の肩にすがりつき、寧寿は甲高い嬌声を上げた。

みっしりした太棹が、とろけた蜜壺をいっぱいに満たす。寧寿は男の腰に腿を巻き付けて身震いした。繋がった箇所から快感がこみ上げ、全身に広がってゆく。

「はぁ……あ……あぁ……っん……」

肩口に額を預けて喘ぐ。

「動くぞ」

急いた囁きとともに雄々しい律動が始まった。屹立が前後するたび、ぐちゅっ、ぬちゅっ、と結合部から蜜液がしぶく。寧寿は彼にしがみつき、濡れた唇からとめどなく喘ぎ声を上げながら無我夢中で腰を振りたくった。

「あんっ、んん、んっ……！　悦い……っ、玉藍……さまっ……」

「寧寿……」

こりりと耳朶を甘噛みされて、ひッとのけぞる。晒された白い喉元に玉藍はねっとりと舌を這わせた。舌が蠢《うごめ》くたびに快感の火花が弾ける。寧寿は剥き出しの乳房を上衣越しに厚い胸板に擦りつけ、唇を押し当てながら自ら腰を揺らした。

狂おしげに、くっと玉藍が呻く。

「そう食い締めるな。ちぎれてしまう」

秀麗な額に汗を浮かべ、軽口を叩きながらますます猛《たけ》り立《た》つ淫刀でずくずくと蜜壺を突き上げる。たまらずに寧寿は達してしまった。

一瞬、ふっと意識が途切れ、気がつくと繋がったまま抱き上げられていた。

慌てて脚を交差させ、しがみつく。玉藍は悠然と牀榻《ベッド》に歩み寄り、絹の敷物の上にそっと寧寿を下ろした。

いったん離れた身体が、すぐにまた隙間なく密着する。しばし勇猛に律動を刻んで寧寿を恍惚とさせ、指をからめて優しく唇をふさいだ。

「そなたを妻とすることができて、私は果報者だ」

「わたしこそ……」

快感と幸福感に潤む瞳で愛しい夫を見つめる。彼の曇りなき蒼い瞳を。最初に出会ったとき。重傷を負った彼を膝に載せ、その瞳を覗き込んだ。朦朧としながらも不思議そうに見上げた蒼い瞳に、ぎゅっと心臓を鷲掴《わしづか》みにされた気がした。

（そのときから……玉藍さまのことを……？）

正体を知らないまま、感情だけが深く心に刻み込まれた。天が彼のもとに遣わしたのかどうかわからないけれど、そうであれば嬉しい。そう言ってくれた彼の期待に応えたい。

大帝国を統べる彼の瞳が悲しみに暮れることはこれからもあるだろう。きっと、何度だってあるはずだ。

そんなとき、側に寄り添ってぬくもりを伝えることができたら。

支配者の孤独感に打ちのめされたとしても、味方は必ずいるのだと忘れないでほしいから。

「……愛しています、玉藍さま」

囁いた寧寿の頬を、優しく彼が撫でる。

「私もだよ、寧寿」

唇が重なり、幸福感がこみ上げた。

広い背中を抱きしめ、ふたりでわかちあう悦楽のただなかへと、まっすぐに寧寿は飛び込んでいった。

あとがき

こんにちは。このたびは『帝國の華嫁　英雄皇帝は政略結婚の姫君を溺愛する』をお手にとっていただき、まことにありがとうございました。お楽しみいただけましたでしょうか。

今回は初の中華ものです。前から一度書いてみたいなぁと思っていまして、今回ついに実現できて嬉しいです！

時代背景は唐の全盛期あたりをイメージしておりますが、おもしろい風俗は時代にかかわらず盛り込みましたので、そのへんはゆる～くお考えくださいませ。

メインは中華帝国でも、作者は昔から絹の道やら草原の道やらが大好きでして、当然のごとくヒロインは遊牧民族出身のお姫様となりました。西域出身の美形宦官とか、ここらも趣味てんこ盛りです（笑）。

唐の時代は女性もすごく活動的で、いきいきしていたとか。そんな開放的で国際色ゆたかな世界を思い描きながら読んでいただけますと嬉しいです。

皇帝陛下がポロに興じるシーンとかもあったのですが、趣味走りすぎだろ、と削りました。いずれブログ等に掲載しようかと思います。逆に書きそびれたエピソードもあったりして。え、何かって？　あれですよ、臍ピアスならぬ臍真珠（笑）。

きっとヒロインがすっかり忘れた頃になって『待たせたな！』とか満面の笑顔で差し出してくるんでしょうねぇ。超巨大な天然真珠を、こともなげに。なんたって皇帝陛下はお金持ちですから！　以下、羞恥プレイは各自想像でお楽しみくださいませ。

さて。作者はわりと悪役というか敵役に肩入れしがちでございまして。今回も一番のお気に入りは敵役のあの人です。ネタばれになるので伏せますが、書きながらせつなくて泣きました。いつかどこかで幸せにしてあげたいです。

有能侍女と無邪気な美少年宦官も気に入っています。実は侍女はカンフーマスターだったりするのですよ。

今回のイラストは、すがはらりゅう先生にいただきました。ありがとうございます。華やかな衣装に身を包んだ男前美人なヒロインと、人目も憚らず愛妻を甘やかす美丈夫ヒーロー。本文とあわせてどうぞお楽しみくださいませ。

それでは、またどこかでお目にかかれますことを祈りつつ。ありがとうございました。

上主沙夜

Mitsuneko Label

蜜猫文庫をお買い上げいただきありがとうございます。
この作品を読んでのご意見・ご感想をお聞かせください。
あて先は下記の通りです。

〒102-0072　東京都千代田区飯田橋 2-7-3
(株)竹書房　蜜猫文庫編集部
上主沙夜先生 / すがはらりゅう先生

帝國の華嫁
～英雄皇帝は政略結婚の姫君を溺愛する～

2019 年 4 月 29 日　初版第 1 刷発行

著　者　上主沙夜　

発行者　後藤明信

発行所　株式会社竹書房
〒102-0072 東京都千代田区飯田橋 2-7-3
電話　03(3264)1576(代表)
03(3234)6245(編集部)

デザイン　antenna

印刷所　中央精版印刷株式会社

Printed in JAPAN
ISBN978-4-8019-1847-4　C0193
この作品はフィクションです。実在の人物・団体・事件などには関係ありません。

皇帝陛下の専属耳かき係を仰せつかりました。
年の差婚は溺愛の始まり!?
上主沙夜
Illustration サマミヤアカザ
俺がうんと気持ちよくしてやるから
レアは幼い頃、皇帝ユーリに拾われ彼専属の耳かき係として宮中で育てられた。ユーリを慕いずっと彼の傍で仕えたいと願う彼女に、ユーリは突然結婚を申し込んで情熱的に愛撫してくる。「愛している。そのまま感じていればいい」大好きな人と結ばれ幸せだが、結婚には不安を感じるレア。彼女にはユーリに拾われる以前の記憶がなかった。そんな時、ユーリがレアに執着するのは亡き前皇帝の皇女と似ているからだという噂がたち!?